Pau Avril 2024

Valérie Zenatti est née à Nice en 1970. Elle est l'auteure de plusieurs romans dont *Jacob, Jacob* (2014), prix du Livre Inter. *Dans le faisceau des vivants*, prix Essai 2019 France Télévisions, se fait l'écho de l'œuvre d'Aharon Appelfeld, dont elle est par ailleurs la traductrice.

DU MÊME AUTEUR

En retard pour la guerre
Éditions de l'Olivier, 2006
repris sous le titre
Ultimatum
« Points », n° P2041

Les Âmes sœurs
Éditions de l'Olivier, 2010
et « Points », n° P2539

Mensonges
Éditions de l'Olivier, 2011

Mariage blanc
Les éditions du Moteur, 2012

Jacob, Jacob
prix du Livre Inter, 2015
Éditions de l'Olivier, 2014
et « Points », n° P4173

Valérie Zenatti

DANS LE FAISCEAU DES VIVANTS

ESSAI

Éditions de l'Olivier

TEXTE INTÉGRAL

ISBN 978-2-7578-8206-1
(ISBN 978-2-8236-0897-7, 1re publication)

« Quand on rencontre quelqu'un, c'est signe que l'on devait croiser son chemin, c'est signe que l'on va recevoir de lui quelque chose qui nous manquait.
Il ne faut pas ignorer ces rencontres.
Dans chacune d'elles est contenue la promesse d'une découverte. »

Aharon Appelfeld

« Je voudrais vivre.
Je voudrais rire et lever des fardeaux,
Je voudrais lutter, aimer et haïr,
Je voudrais prendre le ciel avec mes mains
Et voudrais être libre, respirer et crier.
Je ne veux pas mourir. Non !
Non.
La vie est rouge.
La vie est mienne.
Mienne et tienne.
Mienne. »

Selma Meerbaum-Eisinger

« ותהא נשמתו צרורה בצרור החיים.
Et que son âme soit tissée dans le faisceau des vivants. »

Prière juive

I

Le 31 décembre 2017, je suis allée écouter au théâtre de Versailles un ami violoniste et chanteur qui jouait pour la dernière fois avec son groupe une musique venue de l'Est – Belgrade, Varsovie, Kiev se rejoignaient sous ses doigts, yiddish, serbo-croate, roumain se mélangeaient dans sa voix. J'avais assisté à l'un de ses premiers concerts en 1996, après la naissance de mon fils, et je n'avais pas quitté des yeux le chanteur violoniste capable de danser avec autant de vitalité que ses doigts en avaient pour courir sur les cordes, il était le maître virtuose et facétieux de la scène, de la salle, il jouait de son instrument et de nous, il donnait vie à un monde englouti qui n'était pas celui de mes parents, ni de mes grands-parents, et dont la disparition me hantait, mais avant cette disparition, me répétais-je, il y avait eu des vies, tant de vies, et j'étais avide de toute trace qui en témoignait.

À la fin du concert, nous sommes montés embrasser les musiciens dans les loges et avons bu du champagne dans des gobelets en plastique, nous ne savions pas très bien si nous devions féliciter nos amis ou dire nos regrets de savoir que le groupe ne se produirait plus, il était tard, nous n'avions pas dîné, nous lorgnions les barquettes dans lesquelles stagnaient des restes de nouilles chinoises commandées par la régie du théâtre dans l'après-midi. Nous avons décidé de rentrer à Paris passer la suite de la soirée, pas pour réveillonner, non, juste pour être ensemble, et nous nous sommes entassés dans la voiture d'une amie.

À minuit pile nous avons longé la tour Eiffel en riant : nous qui ne voulions surtout pas réveillonner, nous nous étions jetés dans la gueule du loup. Des dizaines de voitures étaient arrêtées sur les bas-côtés de la voie sur berge, les gens s'embrassaient dans une gaieté muette et irréelle de l'autre côté de la vitre, une gaieté qui nous semblait factice bien sûr, mais elle ne l'était peut-être pas, quelqu'un dans la voiture a dit Fuck 2017, je crois.

Une heure plus tard, nous buvions un excellent champagne en partageant du pain de mie industriel acheté chez un épicier, un morceau de fromage et une barquette de raviolis aux truffes qui paraissaient monter la garde dans un frigidaire impeccablement propre et vide. La conversation a glissé du concert à l'année qui s'achevait et, pour des raisons qui appartenaient à chacun d'entre nous, nous avons parlé de perte, des enfants qu'il fallait à la fois protéger et armer afin d'y faire face, nous avons trinqué à l'amitié, à la vie, non pas comme à des généralités mais comme ce à quoi nous tenions profondément. Pour moi, l'année qui s'achevait avait été celle des retrouvailles avec mon violon, scellées par mon intégration à un orchestre. Après des décennies où je n'avais presque plus joué, j'avais repris place derrière un pupitre et chaque lundi soir, les notes à l'harmonie tâtonnante des instruments en train de s'accorder indiquaient que j'entrais dans un espace où la musique prenait l'ascendant sur les mots, ma poitrine se dilatait, je respirais autrement. J'avais aussi connu un bouleversement intérieur qui avait renouvelé mon regard sur ma vie, j'aimais le mystère d'une autre existence croisant soudain la mienne et l'éclairant d'un jour nouveau, je ne cherchais pas à en comprendre les raisons, contempler ses effets me suffisait, mes oreilles entendaient autrement, mes yeux voyaient différemment, à travers un filtre qui ajoutait netteté, joie et clarté au monde.

Qu'attendais-je de l'année qui commençait ce soir-là tandis que je rentrais chez moi ? Écrire, approfondir ma perception des êtres et de leurs mouvements, aimer, être aimée, arrêter de fumer. Je ressentais une crainte sourde aussi. Depuis 2015, les premiers jours de janvier recelaient la mémoire d'une sidération qui avait subitement fait perdre leur sens aux vœux prononcés, engloutis par la faille ouverte entre ce que l'on souhaitait pour le monde, et sa réalité.

Le 1er janvier, je composais le numéro d'Aharon Appelfeld pour lui souhaiter une bonne santé, une année d'écriture et de quiétude, et j'apprenais qu'il était hospitalisé depuis deux jours, mais qu'il allait probablement sortir bientôt. Il dormait et je ne pouvais lui parler.

Le mercredi 3 janvier, les médecins ne pouvant se prononcer sur son état, j'ai réservé un aller-retour Paris-Tel-Aviv pour le lendemain matin.

J'ai passé la nuit allongée dans mon lit, le corps raide, incapable de dormir, entendant sa voix et lui parlant, dans un dialogue d'une densité qui m'affolait et me comblait. Nos phrases s'entremêlaient pour faire surgir avec une précision absolue la matière vivante et brûlante de tout ce qui nous reliait. J'ai réussi à dormir une heure avant que le réveil sonne, et dans le taxi qui me conduisait à l'aéroport, à 7 h 04, une alerte du quotidien israélien *Haaretz* s'est inscrite sur l'écran de mon téléphone, annonçant : « L'écrivain Aharon Appelfeld, lauréat du prix de littérature d'Israël, est mort cette nuit à l'âge de 85 ans. »

*

Dans la navette roulant sur le tarmac d'Orly-Sud, j'ai eu une sensation de mouvement syncopé : j'allais m'envoler vers Tel-Aviv malgré l'annonce de la mort, je me dirigeais vers quelqu'un que je ne verrais pas, l'intention de ce voyage était déjà caduque, j'arriverais trop tard et je partais pourtant, titubante et nauséeuse par manque de sommeil, et l'odeur du kérosène qui s'engouffrait en moi en imprégnant ma gorge d'une traînée acide amplifiait mon écœurement. J'ai fermé les yeux, cherché sous le noir de mes paupières un repos qui se dérobait, et lorsque je les ai rouvertes, j'ai senti un regard posé sur moi. Une jeune femme me dévisageait si intensément que j'ai cru qu'elle me reprochait de rester affalée sur un siège alors qu'elle était debout, portant contre elle une petite fille endormie dans un kangourou. Je lui ai demandé en français si elle voulait ma place, mais elle continuait à me fixer. Croyant qu'elle n'avait pas compris ma proposition, je lui ai posé la même question en hébreu, mais c'est en français qu'elle m'a demandé si j'étais bien Valérie Zenatti, et j'ai dit oui. Son sourire s'est élargi, elle m'a parlé de mes romans d'une voix très douce, puis elle a ajouté, J'aime tant vos traductions d'Aharon Appelfeld. Je ne pouvais la laisser prononcer ce nom sans rien dire, ni me contenter de hocher la tête en la remerciant d'un sourire flatté et modeste, alors j'ai énoncé quelques mots que je ne m'attendais pas à devoir rassembler si vite, Justement, je pars en Israël, je ne le réalise pas encore très bien, mais Aharon nous a quittés il y a quelques heures à peine. Elle a murmuré, Je suis désolée pour vous, puis elle m'a dit avec une conviction et une gentillesse infinies, un savoir qu'elle semblait détenir spécialement pour me l'offrir ce matin-là : Il faut que vous alliez à Czernowitz, je suis sûre que ça vous fera du bien, ça vous ouvrira à quelque chose d'important, vous verrez, c'est une ville très inspirante.

Une fois dans l'avion, j'ai essayé d'échapper à une femme qui avait assisté à la discussion et cherchait à savoir comment on devient écrivain, si j'avais fait des études particulières ou si c'était plutôt de famille. C'est une question à laquelle d'ordinaire je réponds volontiers, en prenant mon temps, car j'aime réfléchir à ce verbe, écrire, à la façon dont son sens se déploie pour moi depuis des années, mais je ne savais plus à cet instant ce que ce verbe signifiait pour moi, je pressentais sans doute qu'il était en train de subir une transformation et c'est là, dans les airs entre Paris et Tel-Aviv, suspendue entre les deux pays qui m'ont chacun donné leur langue, que mon aphasie a commencé, ou plutôt mon besoin d'aphasie et de surdité. Je ne voulais pas que l'on me parle, je voulais retrouver le silence de la nuit qui venait de s'achever, ce temps halluciné qui n'avait ressemblé à aucun autre. J'avais l'impression que la conversation entre Aharon et moi avait eu lieu en hébreu et en français, nous nous étions tout dit, nous avions tout su et compris l'un de l'autre, nous avions partagé notre part la plus enfouie, mais j'avais beau fermer les yeux et serrer les poings pour me souvenir, je ne parvenais pas à retrouver une seule phrase prononcée ou entendue, et lorsque l'avion a entamé sa descente, j'ai collé mon nez au hublot pour situer l'hôpital, j'ai imaginé une volute cristalline s'évaporant dans le ciel de Tel-Aviv tandis que je m'adressais à Aharon au cœur de la nuit et que j'entendais sa voix me répondre, je me suis demandé comment cela avait été possible, ce dialogue entre un homme en train d'expirer et sa traductrice à des milliers de kilomètres.

À l'aéroport de Tel-Aviv j'ai loué un téléphone israélien, et une fois les papiers signés, je l'ai tenu dans ma main sans savoir quel numéro composer. La veille, quand j'avais prévenu Judith Appelfeld de mon arrivée, elle m'avait dit de l'appeler de l'aéroport, Je te donnerai toutes les indications pour venir à l'hôpital, ou bien l'un de nous viendra te chercher, nous ignorions toutes deux alors qu'il serait trop tard et que je n'oserais pas l'appeler, et je suis restée de longues minutes dans le hall, contemplant les ballons gonflés à l'hélium invariablement stoppés dans leur élan par le haut plafond, cœurs rouges et smileys barrés du mot Bienvenue ! je ne sais pas s'il existe un autre aéroport au monde où l'on accueille les gens ainsi, je n'en ai jamais vu. Un vertige s'est emparé de moi, je ne savais où aller ni que faire, c'était une ignorance totale, massive, comme dans ces moments où l'on prend conscience que tout mouvement est un choix, et que tout choix devient impossible. J'ai pensé soudain à David, le producteur israélien à qui je venais de rendre la première version du scénario adapté de *La Chambre de Mariana*, j'ai composé son numéro, je lui ai dit, Tu as entendu la nouvelle, n'est-ce pas, tu sais pour Aharon, je suis à l'aéroport Ben Gourion, je ne sais pas quoi faire, je ne sais pas où aller, viens me chercher, et il m'a répondu, Ne bouge pas, j'annule mes rendez-vous, je suis là dans trente minutes maximum, je n'ai pas bougé, et trente minutes plus tard sa grande silhouette d'ours blanc fendait une nouvelle foule tenant d'autres ballons gonflés à l'hélium, il était là, me serrait dans ses bras, m'entraînait vers sa voiture et déjà nous roulions sous des nuages noirs qui semblaient fondre sur nous, comme aimantés par notre présence, et lorsque nous sommes sortis du véhicule pour prendre un café sur une place rénovée de Tel-Aviv, l'orage a éclaté, épais, violent, crépitant, On annonce une tempête ce soir et demain, m'a dit David, C'est impossible, ai-je pensé, on croirait le plus éculé des clichés, Aharon est mort et les cieux se déchaînent, c'est pourtant ainsi que cela s'est passé.

*

Entre jeudi et vendredi, une deuxième nuit blanche s'est écoulée.

*

Vendredi matin j'ai osé appeler Judith qui s'était inquiétée de ne pas avoir de mes nouvelles et avait téléphoné plusieurs fois à Paris pour savoir où j'étais, et j'ai eu honte de ne pas l'avoir jointe à mon arrivée, tout en me demandant où elle avait trouvé les ressources pour penser à moi en cet instant. Je me suis affolée : je ne comprenais donc plus rien à la vie, je ne savais plus ce qu'il fallait faire, ce qui relevait de la politesse ou de la désinvolture, je redevenais peut-être une enfant.

*

Ça va, il a vécu longtemps, m'a dit le chauffeur de taxi qui me conduisait à l'appartement d'Aharon et Judith et se montrait curieux devant mon air perdu, refusant que je parle de mon attachement au présent. Tu peux dire je l'aimais, mais tu ne peux pas dire je l'aime. J'ai demandé : Sur un plan grammatical ?

Non, c'est une question de foi.

Je n'ai pas réussi à saisir ce qu'il voulait signifier par là, mais j'ai eu la force de lui répondre que je parlerais comme j'en avais envie. En bon chauffeur de taxi israélien, il tenait à avoir le dernier mot, il a répété en secouant la tête, Non, ça ne se fait pas, tu ne peux pas, et à mon tour je n'ai pas cédé, ça me semblait très important de tenir bon face à cet homme que je ne connaissais pas, qui avait vaguement entendu la nouvelle à la radio et voulait me dicter le temps que je devais employer pour parler de l'amour immense que je ressentais, et du chagrin qui était en train de l'infiltrer.

Un petit bureau, une dernière page écrite, un stylo encore ouvert, des mots tracés à la main d'une écriture que je connais si bien, des lignes penchant de la droite vers la gauche, les derniers mots d'un écrivain sont déjà une relique, une adresse à ceux qui restent, ils ont sans doute la même importance que les millions de mots qu'il a écrits tout au long d'une vie mais ils prennent la valeur bouleversante de ce qui demeure interrompu et à jamais inachevé.

Judith m'informe que, compte tenu de la tempête, l'enterrement est fixé à dimanche.

Je suis descendue chez mes parents, à Beer-Sheva. Ils avaient enregistré les informations depuis le flash de jeudi matin. Je devinais le montage des photos, les extraits d'interviews, les rappels des prix littéraires, les témoignages d'écrivains, d'éditeurs ou de critiques, je n'ai rien voulu voir ni entendre, je n'ai pas voulu que cette vie qui m'était si précieuse soit résumée, je n'ai pas voulu entendre parler de cette mort comme d'une information parmi d'autres, ne rendant pas compte d'une présence que je sentais si puissante dans son retrait. J'ai pris sur moi dans un effort épuisant pour ne pas exiger que tous autour de moi se taisent, je voulais que l'on me laisse tendre l'oreille pour recueillir en moi chaque écho de la disparition, retrouver des bribes du dialogue murmuré, c'est sans doute pour cela que j'ai encore à peine dormi dans la nuit de vendredi à samedi, puis dans celle de samedi à dimanche, le silence des heures nocturnes ne me délivrait pas les phrases dérobées mais sa qualité était telle que je voulais demeurer éveillée pour l'entendre, et dans la journée je marchais dans le désert trempé par la tempête.

Le désert, *midbar* en hébreu, formé à partir de la même racine que la parole, là où auraient marché Abraham et Jacob, là où le silence révèle le cri intérieur, près de Beer-Sheva qui signifie le puits du serment. Je vacillais, m'habituant au tremblement qui ne cessait pas, et la nuit, allongée dans mon lit d'adolescente, j'avais l'impression d'être debout. Dimanche le ciel déversait une lumière limpide sur la ville, il faisait doux, je n'ai jamais eu si chaud à Jérusalem en janvier. Les larmes ont coulé devant le corps frêle enveloppé dans un châle de prière, j'ai fixé la branche du cyprès qui s'était inclinée vers la tombe fraîche, David m'a raccompagnée à l'aéroport Ben Gourion, et lorsqu'il m'a serrée dans ses bras je lui ai dit, Je ne sais pas comment je vais vivre maintenant, tu vois, je ne sais pas comment vivre sans Aharon.

*

Fiévreuse et insomniaque, je suis rentrée à Paris, envahie par le tremblement qui allait crescendo, et j'aime que mon corps soit ainsi à l'unisson avec mon âme, il ne me trahit pas, il prend la mesure de l'événement. Je pense à Erwin dans *Le garçon qui voulait dormir*, à ses jambes blessées, aux opérations qui se succèdent pour l'aider à marcher, et vers la fin du livre il marche enfin, parvenant simultanément à écrire, il s'adresse à sa mère morte depuis plusieurs années mais bien présente dans ses nuits : *J'en ai tant vu dans mon enfance, mais j'ignorais qu'il s'agissait de prodiges. Je marcherai d'un endroit à l'autre jusqu'à ce que je sois passé par tous les lieux où nous avons été, et par tous ceux sur lesquels j'ai entendu des histoires*, et j'ai su, le jour où j'ai traduit ces phrases, que le mouvement des jambes pour marcher et celui de la main pour écrire procédaient pour Aharon de la même quête, de la même liberté. Pour le moment je ne trouve que la force d'écrire et mes jambes ne savent où aller. Lorsque je suis dans le studio d'une radio et que l'on me demande, Comment avez-vous rencontré Aharon Appelfeld ? il y a toujours un blanc dans ma tête, je réponds, C'est difficile de prendre la parole après quelqu'un qui accordait tant d'importance aux mots et qui vient tout juste de se taire, et je sens que le problème est là, impossible à résoudre pour l'heure. J'ai conscience d'être en train de vivre une expérience qui suscite en moi un désir de silence inédit et une excitation inavouable, je m'enferme dans ma chambre, dispose autour de moi les livres que j'ai traduits, ceux qui attendent de l'être, dédicacés *avec amour*, les feuilles sur lesquelles je prenais des notes lorsque nous étions ensemble sur une scène de festival ou dans un studio de radio, je veux moi aussi *passer par tous les lieux où nous avons été*. Je retraduis tout, je retrouve le souffle, le rythme, les intonations, le sourire au milieu d'une phrase, mes oreilles se tendent et s'affûtent, j'entends la voix qui s'est tue de manière plus distincte que si j'en écoutais un enregistrement, elle prend corps de nouveau en moi, je m'immobilise, essaie de comprendre, où cela se passe-t-il exactement ? Quel est le prodige qui la rend si claire et audible ?

Une certitude m'habite : ce silence est un don de celui qui vient de se retirer, transmis patiemment, mesure par mesure, j'ai été préparée à mon insu aux premiers jours de la vie sans lui, et à ceux qui suivraient, je l'ignorais alors, mais lui, j'en suis sûre, le savait, ou l'avait deviné, c'est sans doute pourquoi, depuis jeudi matin, jour et nuit ne s'opposent plus mais se confondent, il y a de l'obscurité dans la lumière et de la lumière dans les ténèbres, le jour et la nuit s'unissent en moi, la joie et la peine aussi, et l'une n'est pas le contraire de l'autre mais son complément absolu, la joie de l'avoir connu et d'avoir été aimée de lui, la peine de l'avoir perdu, mais je trouverai sans doute un autre mot sur ce chemin, une image peut-être pour dire cela, la trace laissée en moi, la vie en son absence.

La séparation entre la vie et la mort est plus fine qu'on ne le croit, disait-il, et je l'éprouve, maintenant.

*

Lorsque nous nous sommes rencontrés, j'étais enivrée par le pouvoir des mots, lui, il s'en méfiait, affirmait qu'ils peuvent être trompeurs, menteurs, distordre la vérité pour la réduire à des paroles de pacotilles, même quand ceux qui les prononcent sont bien intentionnés, il martelait, *Les idéologies ont perverti le langage, quel plus grand mensonge que les mots* Arbeit macht frei *sur le fronton d'Auschwitz ?* Je hochais la tête, je traduisais, *le silence est l'expression la plus juste qui soit*, mais je ne comprenais pas vraiment comment un écrivain pouvait estimer que les mots ne parviennent jamais à égaler le silence, comment la jubilation ne le saisissait pas face à leur effet. J'ignorais que si les messages reçus par centaines après sa mort me toucheraient, la plupart des phrases prononcées autour de moi me heurteraient tant. On me dit, La vie continue, comme si je ne le savais pas, comme si la question n'était pas justement que la vie continue sans lui. On me dit, Il faut vivre, mais je vis, d'une autre manière, dans le silence ouaté de la neige qui tombait sur son enfance, dans le sien lorsque je lui annonçais la mort d'un être cher et qu'il se taisait d'abord, longtemps, prenant le temps d'accueillir ma peine, murmurant un peu plus tard, *Oh ma chérie, tu as besoin de beaucoup de force, je sais que tu en as et je te souhaite d'en avoir plus encore, je te serre fort dans mes bras*. On me dit aussi, Il était un père pour toi, tu dois te sentir orpheline. C'est faux, j'ai toujours mon père, et ce sont ses enfants qui sont orphelins. Quel mot pourrait définir ce qui nous unissait ? Je ne sais pas. Pour moi il était Aharon, et pour lui, j'étais Valérie, et parfois, *Valérie ma chérie*.

Pour la première fois depuis plus de vingt ans, ma main ne se tend plus vers la radio dès mon réveil, *exit*, le rythme de la matinale qui se glissait dans mon propre rythme, citron pressé, météo, douche, journal, thé, entretien, *exit* les premiers mots de la chronique de politique étrangère qui signalaient que les enfants devaient partir à l'école, au risque d'être en retard si elle était déjà en train de se terminer. *Je ferme la porte aux bruits du monde*, et vis désormais comme une violence les voix qui veulent entrer en moi. Je vois mon ancienne enveloppe s'éloigner, la silhouette m'est familière puisque j'ai été cette femme qui adorait les débats, les joutes verbales. J'aimais convaincre, trouver l'argument qui me donnerait le dernier mot, j'acceptais même d'être convaincue lorsque je reconnaissais à mon interlocuteur un savoir que je n'avais pas, une pensée originale, une clairvoyance, j'étais le contraire, d'Aharon qui à la question, Que devrait faire Israël ? posée par des journalistes, répondait : *Oh, vous savez, moi-même je ne sais pas très bien ce que je dois faire chaque matin*. Et il écarquillait les yeux ou riait d'un air entendu, puis se taisait.

Je découvre que je peux être indifférente à ce qui me semblait être une préoccupation constante, mais aussi infiniment sensible à tous ceux que je croise, à tous ceux avec lesquels j'échange quelques mots, mendiants, caissières, pharmaciens, marchands des quatre-saisons, ils me paraissent tous incroyablement vivants, leur existence m'atteint comme si je les voyais soudain à travers les yeux d'Aharon, leurs traits dévoilent leur *intériorité* que je ne distinguais peut-être pas si précisément autrefois, *j'aime les contempler, deviner ce que leurs sourcils froncés ou leurs yeux écarquillés racontent*, nous échangeons des mots simples, bonjour, au revoir, merci, les seuls mots que j'ai l'impression de pouvoir prononcer sans qu'ils sonnent faux, et dans ces échanges en apparence anodins, mais dans lesquels je sens que mon rapport aux êtres et aux mots se joue de nouveau, une joie de vivre aussi intense que brève m'étreint.

*

Ce silence, comme un abri vital, *seul lieu possible pour celui qui est blessé*, il a su un jour que c'était lui qu'il voulait habiter, il ne voulait pas lutter contre ce qui le traversait, il lui fallait tendre l'oreille à ce qu'avait emmagasiné le petit garçon né à Czernowitz qui avait entendu le cri de sa mère assassinée par les nazis, et la résonance de la Catastrophe était si grande qu'il lui fallait bien quarante-cinq livres et une vie vouée à ce silence pour lui permettre d'être avec les siens, avec lui-même, pour chercher en lui le monde englouti, lui donner présence, forme, visage, voix, vie, et je sens trembler dans mon corps l'écho de cette nécessité, je suis tenaillée par ce que je commence à peine à percevoir, taisez-vous, taisez-vous tous, je veux sentir l'onde de choc de la déflagration et tenter de saisir ce qui a été construit, détruit, ce qui est encore là.

*

Ces dernières années, j'ai conservé précieusement tous ses messages sur mon répondeur. Les mêmes mots, à quelques infimes différences. J'osais à peine penser que je les gardais pour ce moment où il ne m'en laisserait plus. Quel mécanisme secret a effacé tous les messages reçus avant le 20 décembre 2017, exactement un jour après qu'il m'eut laissé le dernier ? La mémoire devait être saturée, m'a expliqué un vendeur désolé.

Je suis restée interdite, puis je me suis dit, S'il me laissait chaque fois le même message, c'était peut-être pour le graver en moi, et en effet, je le connais par cœur, aux intonations près.

שלום ולרי כאן מדבר אהרן, אני מקווה שהכל אצלך כשורה, תתקשרי אלי כשתוכלי בבקשה.

Il utilisait cette phrase-là – espérant que tout allait bien, demandant que je le rappelle dès que je le pourrais –, comme un artisan utilise un outil adapté à une seule tâche.

*

Il a vécu trente et un mille trois cent soixante-neuf jours, j'ai eu besoin de les compter, à la manière des enfants qui recourent aux chiffres pour appréhender ce qui leur échappe, parce que je sais que chaque jour a compté, chaque jour a été une vie, un émerveillement devant la lumière renouvelée, une lutte *contre la bile noire*, un tâtonnement, un oubli qu'il essayait de vaincre, un pas sur le chemin qu'il traçait et qui partait chaque jour de sa maison natale ou le menait vers elle. *J'ai écrit plus de quarante livres et je ne suis qu'au commencement*. Ce n'était pas une formule. Qui peut mesurer la secousse tellurique de son enfance ? Qui sait la multitude des éclats qu'il cherchait à saisir, à comprendre, à transformer ? Une vie ne lui suffirait pas, il le savait, le disait avec regret, *notre passage sur terre est éphémère*, et lui voulait marcher encore, arpenter *ce passage entre la vie et la mort, la condition existentielle de l'homme*.

*

Certains jours, je dis : Avec sa mort, une césure s'est ouverte dans le temps, pour moi. C'est ce que j'éprouve, mais je me demande aussitôt si c'est une phrase juste, je doute de chaque mot prononcé à voix haute, impossible à effacer ou raturer.

La littérature doit concilier les trois temps, le passé, le présent, le futur, autrement elle n'est qu'Histoire, journalisme ou science-fiction. J'ai mis quelques années à saisir cette phrase au-delà des mots, à effleurer l'union des temps en moi. Dès cette compréhension nouvelle, j'ai su que je lui devais beaucoup, dans tous les pans de ma vie, que notre rencontre avait changé mon rapport à l'amour, aux parents, à l'enfance, et que, par-dessus tout, il m'avait fait gagner du temps, et aujourd'hui je découvre le temps sans lui, celui sur lequel il m'était arrivé de m'interroger en chassant la question par superstition, il fait bloc depuis mercredi, la nuit durant laquelle nous avons chuchoté sans relâche, depuis jeudi, le matin où j'ai appris que son cœur avait cessé de battre, depuis dimanche, où nous l'avons enterré, et même si le temps continue de s'écouler, il n'y a plus qu'un mercredi dans mon esprit, qu'un jeudi, qu'un dimanche, les autres jours forment un bloc indifférencié dont je ne veux pas sortir, pas encore, pas maintenant.

Une semaine après son départ, j'ai rêvé trois fois de lui.

*

Nous sommes assis à son bureau, côte à côte, je lui pique son Montblanc. (Il m'a réellement piqué mon Caran d'Ache l'été dernier, je le vois le prendre pour dédicacer *Les Partisans* à un ami, regarder le stylo et demander d'un ton enfantin *Pourquoi ce stylo n'est pas à moi ?* et j'étais si fière de lui dire, Tiens, garde-le.) J'écris devant lui, il regarde les mots tracés par ma main et hoche la tête en fredonnant.

*

Il vient me parler dans un couloir, mais au réveil je ne me souviens plus de rien, ne demeure que le contact de sa main sur mon épaule, et c'est déjà beaucoup, cette certitude d'avoir été physiquement près de lui.

*

Je vais lui rendre visite, il habite dans une galerie souterraine, pour aller chez lui, je passe devant une chapelle remplie de statues en plâtre, je me dis dans le rêve, Yetti ne doit pas être loin. J'ai vécu avec elle ces derniers mois, avec cette mère mélancolique et exaltée, avec son désir d'embrasser le monde, le ciel, Jésus, Bach et la prière, ses rêves de vie sublime où les contingences matérielles n'existeraient plus, je la sens toute proche, maquillée, parfumée, le col de son long manteau boutonné jusqu'au cou, Yetti qui fait rater l'école à son fils Theo, persuadée qu'il ne faut pas manquer la vision d'un ciel incandescent, de roseaux pointant dans un lac, d'un cheval au galop, d'un pont qui a conservé la mémoire de tous ceux qui l'ont foulé, et même si tous la pensent folle, c'est elle qui a raison, ce sont les expéditions fiévreuses qu'elle a menées avec Theo qui donnent à celui-ci la force de dire à ses jambes de marcher à la sortie du camp, ce sont elles qui procurent à ces jours-là *une stupéfiante clarté*, la même que celle qui illumine soudain la galerie souterraine que je traverse pour aller vers lui.

*

Je suis si heureuse de ces rêves, si reconnaissante. Comment a-t-il fait ? Comment a-t-il su déposer sa présence en moi, dans ma conscience et dans mon inconscient dont les plis s'ouvrent un à un ?

Il est là, dans mes visions éveillées et dans mes rêves, exactement comme les morts dans ses livres, s'adressant d'égal à égal aux vivants.

*

Écris, continue d'effleurer les tendons et les nerfs les plus sensibles en toi, ne cherche pas à être trop intelligente, ne sois pas trop modeste non plus, sois simplement toi, et ne laisse personne t'empêcher d'aller là où tu sens que tu dois aller.

À quelques proches, je confie écrire avec lui, ou pour lui, ou vers lui. À chaud ? me demande-t-on. La formulation me paraît un peu brutale, puis je pense, Oui, à chaud justement, dans la chaleur de sa présence, alors que ses empreintes sont encore sur son stylo, corps d'un côté, bouchon de l'autre, alors que les ondes de sa voix me traversent toujours, dans la chaleur aussi de ce qu'il m'a murmuré il y a quelques semaines et que je garderai pour moi, j'ignorais alors que nous nous parlions pour la dernière fois, mais j'ai accueilli son cadeau, j'ai eu conscience que c'en était un, et je ne me lasse pas de contempler chaque jour son halo tremblant et doré au fond de moi.

Il me faut répondre encore à la question, Quand et comment avez-vous rencontré Aharon Appelfeld ? et j'essaie de donner une forme à ce qui me glisse entre les doigts, à ce qui est sans doute l'une des questions centrales de ma vie. Si toute histoire doit absolument avoir un commencement, le plus simple est de dire que j'ai lu un jour *Le Temps des prodiges* et que j'ai été happée par le regard de Bruno sur la descente aux enfers de ses parents, de tous ceux qui l'entourent et se découvrent juifs à Vienne en 1938, j'ai éprouvé l'entêtement du jeune garçon devenu adulte, revenant dans sa ville natale *quand tout fut accompli des années plus tard* et martelant *je viens de Jérusalem*, je suis restée songeuse devant la page séparant les deux parties, l'avant-guerre, l'après-guerre, l'enfance, l'âge adulte, comment les relier quand au milieu règne la destruction ? Notre première rencontre a été une rencontre entre une lectrice et un livre, entre une lectrice et un écrivain dont j'ignorais tout hormis le nom, Aharon Appelfeld. J'avais la chance de pouvoir lire le texte à la fois dans sa langue originale, l'hébreu, et dans sa traduction française, je faisais l'aller-retour entre les deux langues, pénétrée à chaque page par le sentiment qu'un mystère palpitait sous chaque phrase, et jusque sous les traits anxieux des Juifs qui n'avaient jamais mis les pieds à la synagogue et s'y trouvaient piégés à la veille d'être déportés, rampant vers le rabbin responsable à leurs yeux de leurs malheurs : à cause de lui ils avaient été désignés comme Juifs, et ils le torturaient toute la nuit, dans une scène qui tenait en une demi-page et ouvrait un abîme d'horreur hallucinée ; ce mystère semblait tantôt être le filtre par lequel Bruno regardait le monde et tantôt le monde lui-même en train de basculer dans une réalité qui n'avait plus rien à voir avec la réalité, et la langue limpide qui servait ces visions distillait en moi une intranquillité que rien ne pouvait atténuer, si ce n'était d'affirmer un jour : je veux traduire Aharon Appelfeld. La rencontre a eu lieu là, dans ce livre-là et dans le désir de traduire cet écrivain, même si d'une certaine manière nous nous sommes rencontrés pour la première fois plus d'une fois.

*

J'essaie de retrouver les sensations de l'hiver 2003, je vois l'appartement où je vivais alors, son allure de navire perché dans les nuages, battu par la pluie et le vent. J'aimais allumer à la nuit tombée une lampe au socle en cuivre martelé, près de la fenêtre, le léger cliquètement de l'interrupteur entre mes doigts déclenchait une vague de confiance en même temps qu'une auréole de lumière, il fallait lutter par tous les moyens contre l'obscurité, il y avait de l'angoisse dans le début de ce millénaire, l'abattement qui nous avait saisis le 11 septembre 2001, les yeux fixés sur le ciel bleu de New York, le feu, les tours transformées en colonnes de poussière, cet abattement était encore palpable et se mêlait à la violence qui enflammait Jérusalem, Naplouse, Haïfa, Jénine, Tel-Aviv, Abou Ghraib ou Falloujah, il y avait des inquiétudes plus intimes aussi, une amie aux longs cheveux bruns et aux yeux rieurs était en train de perdre lentement la vie, nous avions vingt ans lorsque nous nous étions connues, nous avions une trentaine d'années à présent, nous découvrions tout ce qui ne s'envisage pas et peut nous cueillir en un instant, nous avions soudain l'impression d'être vieilles, même si nous chantions encore ensemble parce que nous aimions ça profondément, chanter. Jamais avant ou après elle, je n'ai chanté autant avec quelqu'un, doucement, à pleine voix, en hébreu et en français, juste, faux, yeux brillants et voix mêlées, y compris dans sa chambre du service de réanimation de l'hôpital Saint-Louis, et au milieu de ce désarroi j'avais désiré un deuxième enfant, un soir après la pluie, sur le boulevard Richard-Lenoir, des flaques avaient reflété un ciel gris argent de fin de journée en même temps que mon désir de sentir une vie onduler en moi, et une petite fille était née à l'automne 2002, je ne comprenais pas comment l'actualité pouvait continuer à être tragique, comment des femmes kamikazes pouvaient prendre en otage les spectateurs d'un théâtre à Moscou, je contemplais les gestes à la lenteur aquatique de mon bébé, sa voix qui pointait dans un cri, dans un rire, j'étais le témoin émerveillé de cette vie qui commençait et chaque soir, une fois la petite fille couchée dans son berceau, une fois les histoires racontées à son grand frère, une fois *Mon amie la rose, L'Aigle noir* ou *Göttingen* chantées pour l'endormir, je retournais à mon ordinateur et, au fur et à mesure que la nuit avançait, le texte d'*Histoire d'une vie* sous mes doigts prenait forme en français. J'étais incapable de dire ou d'analyser ce qui se passait, je traduisais comme j'écrivais, dans un état de semi-conscience, il y avait cette question posée *Où commence ma mémoire ?* et une jeune paysanne surgissait, un panier rempli de fraises sur la tête, la joie des fruits rouges et le malaise de les voir virer au gris le lendemain devenaient miens, je me fondais dans cette question et cette image de plaisir sucré puis de pourriture, et il me faudrait des années pour comprendre ce qui commençait là, le début d'un voyage, l'émergence d'un continent en moi, l'entrelacs d'une mémoire dans la mienne, et c'est de cet appartement suspendu dans les airs que j'ai composé son numéro un soir pour lui dire ma fierté et ma joie de le traduire, et pour la première fois sa voix s'est portée vers moi, immédiatement tendre, joyeuse, enveloppante et ouverte, cette voix qu'il aurait héritée de sa mère, cette façon unique qu'il avait de ne pas proclamer, de ne pas affirmer, mais de murmurer, dans un mouvement vers l'intérieur, pour chercher à être au plus près de lui-même et par là, s'adresser aux autres. Il ne s'écoutait pas parler, mais il s'écoutait pour parler, il tendait l'oreille à ce que la vie avait déposé en lui, jour après jour, je connais des gens qui ont appris l'hébreu parce qu'ils avaient entendu son hébreu à lui, dont la densité révélait la valeur de chaque mot. Et c'est avec cette voix qu'il m'a dit, *Je suis si heureux de la joie que tu exprimes, traduis comme tu l'entends, j'ai confiance en toi, viens vite me rendre visite à Jérusalem,* et quelques mois plus tard je le retrouvais pour la première fois au café de la Maison Anna Ticho, il a pris mes mains dans les siennes, il était si curieux et avide de comprendre pourquoi j'avais pris cette décision, consacrer une partie de ma vie à la traduction de ses livres, et tandis que je parlais maladroitement de moi, de mon effroi d'enfant face à la Catastrophe, de la certitude qu'il y avait dans sa langue un secret qui me concernait de manière intime, du besoin que j'avais d'écrire en français ce qu'il écrivait en hébreu, du désir de ramener ses livres sur la terre d'Europe qui leur avait donné naissance, il me scrutait, attentif et attendri, avec au fond des yeux cette lueur que je reverrais plus d'une fois et qui demeurerait indéchiffrable.

Je n'ai pas lu tous ses livres, et il le savait. Je voulais que chaque traduction soit une découverte, une surprise, je voulais une plongée première, une expérience qui me transformerait, je voulais – je veux – je voudrais – traduire ses livres comme j'écris les miens, dans la conscience aiguë que c'est le bon moment, qu'il y a une adéquation entre les mots et le temps, comme deux matériaux distincts entrant soudain en fusion. Je choisissais un livre en lisant les premiers chapitres, il me demandait, *Explique-moi pourquoi celui-ci précisément*, *qu'est-ce qui t'attire vers lui*, et je disais mon intuition, mon élan, je sentais au bout du fil tous ses capteurs dressés, quelques secondes s'écoulaient, il acquiesçait, *D'accord*, *je comprends*, *prends la route*, mais ce n'était qu'une fois la traversée du livre achevée que je percevais la résonance entre ce livre-là et ce que je vivais dans ma propre vie. Chaque livre m'a accompagnée dans l'amour, la rupture, le ravissement, la plongée dans les eaux boueuses et claires de l'enfance. Chaque livre m'a dit quelque chose de moi, à un moment précis de mon existence, chaque livre a été une pointe de roche que je pouvais saisir pour me relever ou monter plus haut. J'ai aimé avec Iréna, je me suis séparée avec Rita, je me suis sentie troublée avec Hugo dans les bras de Mariana, et durant ce mois de janvier où les armes avaient tué à quelques centaines de mètres de chez moi, dans les semaines d'abattement qui ont suivi, c'est le géant Kamil qui est venu me tirer du lit où je pouvais rester des heures les bras en croix, c'est lui et ses partisans qui m'ont donné la force de me relever. Chaque dialogue traduit, chaque geste esquissé par eux s'inscrivait en moi comme une injonction : ne cède pas à la mélancolie, quand la terreur rôde et frappe, c'est avec le corps que l'on résiste, mais aussi *en se souvenant de qui nous sommes*, en relisant les textes qui nous ont nourris, en chérissant plus encore l'humanité, *c'est-à-dire nos fragilités*.

*

Curieusement (un de ses adverbes préférés car *qui peut se targuer d'avoir vraiment une explication, de dire précisément pourquoi il a agi ainsi ou pas ?*), lorsque j'écris mes propres livres, je vis pendant plusieurs mois avec ceux que l'on appelle mes personnages, ils accomplissent leur travail de transformation intérieure, ils cherchent en moi une raison de vivre en éclairant quelques zones d'ombre sur leur passage et quand le livre est achevé, ils me quittent, laissant derrière eux un sillage d'espoir fragile – d'autres que moi les aimeront peut-être.

Tandis que lorsque je traduis ses livres, ses personnages entrent en moi, pas à pas, et une fois la traduction terminée, ils ne me quittent plus, ils font partie de moi.

*

Je suis Iréna qui épluche une pomme pour Ernest Blumenfeld, le regarde écrire les larmes aux yeux en le voyant ciseler chaque phrase, recopier la même plusieurs fois, marmonnant seul, chantonnant, *laissant échapper un mot qui exprime son scepticisme*. Je suis Ernest qui comprend que c'est en se penchant sur *le puits noir de l'enfance* qu'il pourra écrire et vivre enfin une vie qui sonnera moins faux. Je suis Amalia contemplant *les couleurs de feu épaisses* qui se déploient jusqu'à l'obscure bordure de la vallée, et dont les seins lourds de jeunesse demandent à être caressés. Je suis Gad, un verre de slivovitz à la main, noyant son angoisse dans *le philtre divin*. Je suis Bruno Brumhart dont le membre amputé palpite et murmure, le reliant à ceux qu'il aime, et dont la fureur ne se taira jamais, désespéré de constater qu'après la Catastrophe, rien n'a changé, ni la langue, ni les êtres, ni le rapport à la vie, à son essence miraculeuse et sacrée. Je suis Rita qui voudrait tant que son fils ressemble moins à son père, qui rêve de soleil et de sable, d'amour et de légèreté et que l'on prend pour une prostituée, dans une taverne, lorsqu'elle choisit de tout quitter. Je suis Erwin qui se réfugie dans le sommeil, renaît en Italie et se perd sous le soleil d'Israël, errant dans une langue qui n'est pas encore la sienne et se demandant, *pourquoi suis-je ici ?* Je suis Adam que sa mère a promis de venir chercher, ce soir-là, dans la forêt, il est Thomas à qui sa mère a fait la même promesse, nous sommes ces enfants qui s'appuient l'un sur l'autre pour grimper aux arbres et survivre dans le nid qu'ils se construisent, craintifs et courageux, confiants et inquiets, affectueux et démunis. Je suis Edmund, coupable d'avoir laissé ses parents sur un quai de gare, devant le train de la déportation, pour s'enfuir, je suis Kamil, le partisan au regard fiévreux, aux phrases énigmatiques et dont le *silence rouge* qui succède à la mort me hante encore. Je suis Janek qui vagabonde avec l'aveugle Sergueï et s'entraîne à vaincre la peur. Je suis Theo, avide de fumer après la guerre, de marcher pour rentrer chez lui, ignorant ce qu'il trouvera, je suis Madeleine sentant la présence de Martin au plus fort de la détresse dans le camp, car l'amour possède la puissance de l'invisible, je suis Mariana qui enfile ses bas de soie, rit et boit, et plus que tout, je suis Hugo tremblant dans la chambre de Mariana.

*

Je désire et redoute le prochain livre que je traduirai sans lui, sans pouvoir parler avec lui de son rapport secret avec ses personnages, sans le tenir au courant de ma progression, des sentiments qui me traversent au fil des chapitres jusqu'au point final, où une bénédiction inédite s'élève en moi, particulière à chaque livre, mais qui s'achève chaque fois de la même manière : merci d'être arrivée à ce jour. J'ignore comment ces livres-là imposeront leur présence, quels seront leur résonance et leur effet dans ma vie, et c'est heureux qu'il en soit ainsi, je sais que chacun d'eux sera une découverte de lui, des hommes, de moi.

Janvier est toujours là et je dois regarder mon téléphone pour connaître la date. Perplexe, je vois le chiffre changer, j'éprouve la sensation que le temps s'écoule sans moi, je reste recluse, recroquevillée dans sa voix, écartant de ma route tout ce qui peut me distraire, je chemine chaque jour au bord du vide, grisée par cette découverte d'une vie dont je retranche tout ce qui peut m'éloigner de la masse sensible qui s'est révélée dans la nuit du 3 au 4 janvier, que je contiens et retiens, et à travers laquelle je veux percevoir le monde, quitte à me sentir parfois plus du côté de sa mort que de tous les vivants qui m'entourent. J'ai besoin de douceur, de silence épais et clair, j'ai besoin de glisser dans cet état de perception nouvelle, jusqu'où, je l'ignore, c'est la première fois que je vis cela, je ne sais plus quand j'ai éprouvé un choc aussi grand. Lorsqu'il me faut aller parler de lui dans un studio de radio ou de télé, je fais un effort pour m'extirper de mon abri, les battements de mon cœur s'accélèrent, j'ai peur de le trahir, de dire quelque chose qui ne serait qu'approximatif ou réducteur. Je fais l'expérience des limites de l'oralité, les mots se font éclats de verre ou tombent en poussière, je sens son regard sur moi, devine sa petite moue quand il exprime une réserve et je me morigène, là, vraiment, je raconte n'importe quoi, je ne peux pas me contenter de dire qu'il écrivait sur l'enfance, et je ne peux pas le paraphraser puisque, dès que j'essaie de reconstituer sa parole, il me manque un élément, j'ai l'impression d'une usurpation, d'un sacrilège, comment parler à sa place ? Je suis prise en tenailles entre la nécessité de porter son livre paru deux semaines après sa mort et l'envie de me taire, de demeurer dans ce silence dont j'éprouve la qualité lourde, souple, vertigineuse, et dans lequel il est si bon de s'envelopper. Hier, une journaliste d'une radio suisse s'est emmêlé les pinceaux et s'est adressée à moi en m'appelant Éva Appelfeld. Éva était le prénom d'une traductrice présente dans le studio à Genève, j'ai sursauté dans ma minuscule cabine en duplex, c'était si troublant, l'espace d'un instant, de porter le même nom que lui, et même si la journaliste s'est corrigée bien vite, le nom avait été prononcé et avait donné une existence furtive à cette personne qui n'existe pas. Je lui en ai voulu de ce lapsus qui ressemblait à une transgression, mais je lui en ai été reconnaissante aussi.

*

En rentrant chez moi je suis allée voir la Seine sortie de son lit, élargie, impériale, je suis restée longtemps devant un jardin d'enfants submergé par les eaux, fascinée par cette puissance silencieuse. J'ai entendu la phrase sibylline prononcée si souvent devant moi, *On ne se baigne jamais deux fois dans le même fleuve, et sans doute pas même une fois*, et j'ai répondu, Peut-être une fois, si, lorsqu'on s'y noie.

*

Les tremblements n'ont pas cessé, qu'est-ce qui s'agite en moi, cherche à se frayer un passage pour se déployer ? *Ma chérie, trouve l'image juste pour exprimer ce que tu ressens, c'est une satisfaction lorsqu'on y arrive, la journée n'est pas totalement perdue*. Un amoncellement d'objets nichés dans ma poitrine perturbe ma respiration et les battements de mon cœur. Je sais *qu'il faut lutter, lutter contre la tristesse, contre le découragement, contre la peur*, sans les nier, mais en puisant des forces à leur opposer, et je me sens aujourd'hui au milieu d'un gué, dans le faisceau des puissances de vie et de mort qui s'affrontent, c'est peut-être le moment où la lumière et les ténèbres qui se sont unies dans mon regard intérieur la nuit de son dernier souffle exigent de se séparer, mais quelque chose en moi résiste. Derrière moi, la date du 4 janvier, sa mort ; devant, celle du 16 février, son anniversaire, le premier sans lui, et quand je me penche sur mon calendrier pour compter les jours, je m'aperçois que je suis exactement au milieu du temps qui s'est imposé à moi et porte son nom, un temps pris dans une courbe inédite allant de la date de sa mort à celle de sa naissance.

Nous avons existé l'un pour l'autre, et nous avons existé aussi pour les autres, comme ce soir de septembre 2004 à Strasbourg où j'ai été pour la première fois son interprète en public. À la première question portant sur le titre de son livre, il a répondu comme il le ferait toujours par la suite, quelle que fût la question.

אני נולדתי בצ׳רנוביץ באלף תשע מאות שלושים ושתיים.

Et ma voix s'est élevée pour traduire :

Je suis né à Czernowitz en 1932.

Et quelque chose en moi murmurait, je suis née à Czernowitz en 1932.

*

Dès cet instant, nos voix se sont superposées, la mienne s'accordant à la sienne, à son rythme, ses hésitations, sa douceur, sa quête de précision, son ironie. Après la langue écrite qui m'avait permis de traduire deux de ses livres, une langue orale naissait en moi, je découvrais que je la portais à l'intérieur de moi et qu'elle me portait au plus profond de ses visions à lui, vers les Carpates, la chambre de sa maison, le camp, la forêt, elle se déployait dans toute l'Europe, de la Roumanie aux rives italiennes, elle traversait la Méditerranée, elle traversait le temps, elle disait le mutisme de ses treize ans et demi (son arrivée en Palestine mandataire) et j'y glissais celui de mes treize ans et demi (mon arrivée en Israël).

Je suis arrivé en Israël en 1946, j'avais treize ans et demi et je n'avais pas de parents, je travaillais dans un kibboutz, l'après-midi, et le soir j'étudiais l'hébreu. Il ne restait plus rien de ma langue maternelle et j'ai fait de l'hébreu ma langue maternelle adoptive. C'est une langue concrète, les phrases sont courtes, vont droit au but, sont dénuées de fioritures linguistiques. Il n'y a pas de sophistication, peu d'adjectifs, j'ai compris très vite que c'était une langue qui correspondait exactement à ce que j'avais vécu. On ne peut écrire sur des grandes catastrophes avec des mots trop grands.

*

Il disait *après la guerre j'étais muet*, je traduisais en sentant ma gorge se dessécher et durcir, et j'ai compris : avant de partager la même langue, avant que l'hébreu soit conquis au terme d'un combat où chaque mot introuvable était un désarroi amer et chaque mot correctement employé un soulagement, avant cela nous avons partagé le silence hébété des « nouveaux immigrants ». Puis nous nous sommes mis à parler cette langue dans laquelle nous n'avions pas vécu, c'est-à-dire une langue dans laquelle nous n'avions pas découvert le monde ni été aimés, dans laquelle nous n'avions pas souffert non plus, et surtout dans laquelle n'étaient pas inscrits les silences de l'enfance. Nous nous sommes glissés dans l'hébreu comme dans des draps rugueux, dans une hospitalité qui créait grossièrement mais sûrement un espace inviolable par le passé, dont on pouvait se donner l'illusion qu'il n'avait pas eu lieu. *Le merveilleux oubli avait aussi permis la renaissance.*

*

J'aimais me pencher à son oreille pour traduire ces questions si particulières à la France, où la syntaxe fait des triples saltos et des entrechats, où un journaliste pouvait exposer une thèse reliant son œuvre à celle de Bruno Schulz, citer Levinas, envelopper le tout dans une remarque sur la diversité de la littérature israélienne contemporaine. J'aimais le sentir se pencher à son tour à mon oreille pour murmurer, *C'est très beau tout ça, très intelligent, mais dis-moi, quelle est précisément la question ?* Et j'en inventais une que l'on pouvait déduire de ce qui venait d'être énoncé, il avait de toute façon sa manière bien à lui de ne pas répondre s'il se sentait entraîné vers un chemin où il ne voulait pas aller, ce n'était pas de la mauvaise grâce, mais les paroles prononcées devaient avoir été polies par le temps, par la pensée, elles devaient avoir passé l'épreuve de la réflexion, être accordées à la musique intérieure de la même manière que ses manuscrits reposaient quatre ou cinq ans dans un tiroir avant d'être repris, coupés, augmentés, corrigés, avant que leur musique le satisfasse enfin, au plus près de ses visions. Il était d'une générosité infaillible avec ses lecteurs et répondait aux questions en étant totalement présent, cherchant chaque fois en lui les mots qui le reliaient au lieu et à l'instant, prenant soin, toujours, à ce qu'aucune parole ne lui échappe malgré lui, à ne jamais rien dire qui lui aurait semblé faux ou approximatif et qu'il aurait regretté ensuite, et cette maîtrise des mots qu'il avait me sidère. On dit que je lui ai donné ma voix en français, mais ce n'est pas tout à fait ma voix, c'est la sienne que je porte en moi, et qui existe dans ma voix pour lui, pour le comprendre et le traduire, livre après livre, et pour toutes nos conversations silencieuses.

Dans le chaos de la vie, il faut parvenir à entrer en soi-même pour atteindre une extension de soi-même, et pour cerner ses ébranlements il a conquis une langue qui s'était formée il y a trois mille ans. Il avait besoin de cette musique première, archaïque, de cette voix des hommes de la Bible confrontés aux questions de l'existence (pourquoi le Juste souffre-t-il ? pourquoi le Méchant est-il récompensé ?), et lui, le fils unique si manifestement heureux d'avoir été le seul objet de l'amour maternel, a sondé la jalousie de Caïn envers Abel, a percé à jour la fragilité abyssale du fils qui se sentait moins aimé ; lui, le petit homme chauve à lunettes, comme il se décrivait avec une ironie coquette, a étudié la vie de Joseph, son corps délié, son regard altier, sa personnalité envoûtante qui a fait de lui un prince en Égypte ; croyant et sceptique à la fois, il a observé Abraham se débattant avec les injonctions divines d'abandonner son premier fils, puis de ligoter le second sur la pierre du sacrifice ; il a scruté Saül refusant la royauté avant de devenir ce roi mélancolique que seule la musique apaisait ; auprès d'eux, dans ces histoires qui ont bercé mon enfance, dans la langue qui avait fait d'eux des mythes, il s'est dégagé de l'Histoire dans laquelle on voulait l'enfermer et c'est armé de cette *langue juive*, disait-il, qui n'avait cessé de chanter même si elle n'était presque plus parlée, qu'il pouvait retourner sur les terres d'Europe où l'on avait voulu la faire taire. Ceux qui entendaient sa voix percevaient qu'elle venait de très loin. Il avait huit ans, et il avait trois mille ans. Il avait découvert mystérieusement la prosodie ininterrompue pour la faire sienne. Il parlait d'une voix qui murmurait bien avant lui, et dont il voulait espérer qu'elle murmurerait encore bien après, il a traversé le temps en étant conscient d'être traversé par lui, et en le côtoyant, je me suis lovée dans ce temps écoulé depuis 1932, ce passé auquel ma génération est adossée, que nous n'avons pas vécu mais qui a porté une ombre si vaste sur nos enfances ; nous contemplions le ciel bleu au-dessus de nos têtes, nous regardions les immeubles aux fenêtres éclairées encadrant des scènes paisibles, nous posions les mains sur les troncs des arbres de nos parcs et nous nous disions, incrédules : ça a eu lieu ici, là où nous posons nos pieds, des innocents ont été arrachés à leur vie, et nous nous heurtions à des questions sans réponse. Il a rempli un vide en martelant que *la littérature existe en elle-même et n'est pas là pour illustrer l'Histoire*, *parce qu'elle n'a pas de prétention théorique et tient à sa subjectivité*, il nous a appris que la plus grande des libertés consiste à ne pas se laisser enfermer dans les espaces tracés par les bourreaux, il fallait reprendre la main, écrire une histoire où les victimes ne seraient ni idéalisées ni sanctifiées mais retrouveraient un visage humain, celui où les traits redeviendraient mobiles pour dessiner la timidité, l'ambivalence, l'étonnement, la joie. Et lorsqu'il écrivait les tourments d'Ernest Blumenfeld qui luttait contre la langue factice que le communisme avait instillée en lui, lorsqu'il se battait avec Bruno Brumhart pour proposer aux rescapés d'écouter la Bible et Bach afin de recouvrer une dignité perdue, lorsqu'il pleurait dans le corps d'Amalia redoutant l'obscurité de l'hiver, il avait la même conviction en tête, celle qui lui permettait d'approcher aussi bien les êtres qu'il rencontrait que ses personnages, celle qui remontait à la source de chacun, il disait : *Pour connaître un homme, il faut savoir comment il aime ses parents, et comment il a été aimé d'eux*. C'est sans doute là, sans jamais prétendre donner de réponse, en retissant les liens brisés, en permettant de nouveau l'amour, l'affrontement et même les incompréhensions, qu'il a sauvé de l'effacement ce qui avait été condamné à l'effacement, replaçant la tragédie dans la chaîne des générations, inlassablement il a tissé les âmes de ceux qui avaient disparu dans le faisceau des vivants.

*

Je me sens chez moi en Europe. Mes parents parlaient français et ils seraient malheureux aujourd'hui de voir que je ne le parle pas. C'étaient des gens laïcs, ils n'allaient jamais à la synagogue mais le jour de Kippour ils fermaient les volets et lisaient À la recherche du temps perdu.

Il aimait venir en France, il aimait nos librairies qui ne ressemblent pas à des supermarchés, nos émissions de radio où l'on prend le temps d'écouter, il sentait qu'il avait été lu avec attention. Il aimait découvrir une nouvelle ville, *Regarde comme Bordeaux est belle, comme les gens sont emplis ici de quiétude, c'est parce qu'ils s'y sentent bien, c'est fondamental pour l'homme d'aimer l'endroit où il vit*, il aimait ces rencontres où les lecteurs se pressaient devant lui avec parfois les larmes aux yeux, lui confiant un peu de leur vie, de ce qui en eux se reliait à lui, et tandis que j'épelais les prénoms pour les dédicaces, il avait pour chacun un regard, enveloppait leur main dans les siennes, les fixait, bonté et curiosité mélangées, et demandait parfois directement en anglais *Are you jewish* ? Et un arrière-grand-père dont on avait découvert après sa mort qu'il était juif ressurgissait, la silhouette d'une grand-mère qui ne voulait pas dire un mot de ce qui s'était passé avant 1945 traversait la conversation, des ancêtres nés comme lui à Czernowitz, des Juifs errants de Salonique, de Bohême, d'Odessa, de Casablanca, de Lodz ou d'Alger, et il y avait aussi la mine désarçonnée de ceux qui répondaient, Non, pas du tout, et je le soupçonnais de poser la question pour saisir ce frémissement, cet air surpris et parfois désolé, car dans les questions qui l'ont accompagné toute sa vie il y avait comment être juif, mais aussi comment faire face à la question de ne pas l'être.

Son regard, les lueurs vives, graves et espiègles de ce regard, c'était sa langue la plus précise, celle qui lui permettait de communiquer aussi bien avec les enfants qu'avec ceux qui ne parlaient pas ses langues. Il faisait un clin d'œil à un enfant et avait le même âge que lui, il reconnaissait un visage et la joie miroitait sur le sien, il réfléchissait à une question posée et son regard plongeait au fond de lui au rythme de la longue inspiration qu'il prenait, avant de fixer le public, le journaliste, ou de se tourner vers moi pour répondre car il lui était difficile de s'adresser à quelqu'un en sachant que celui-ci serait obligé de faire mine de le comprendre, hocherait peut-être la tête, dans un face-à-face où une parole prononcée ne serait pas vraiment entendue. Il écarquillait les yeux pour accentuer son propos, s'assurant que le sens de ce qu'il venait de dire n'avait pas échappé à son interlocuteur, semblant le découvrir lui-même, étonné, laissant entrevoir qu'il fallait encore méditer la question, et parfois, en privé, lorsqu'il voulait marquer sa réticence à parler d'un sujet qui n'entrait pas dans ses préoccupations, il faisait une grimace et tirait la langue d'un air dégoûté, la discussion était close.

Je n'ai jamais vu quelqu'un avoir cette façon de regarder chaque être qu'il croisait, ceux qui avaient les yeux émerveillés de le rencontrer, ceux qui ne le voyaient pas mais sur lesquels il s'arrêtait, *Regarde comme ce couple est beau, regarde la délicatesse avec laquelle ils s'adressent l'un à l'autre, l'attention qu'ils ont l'un pour l'autre dans chaque geste*, et je découvrais grâce à lui un couple que je n'aurais sans doute pas remarqué, lui en chapeau noir, redingote noire, longue barbe, elle portant une perruque, des bas blancs et des vêtements roses, rouges et blancs boudinant son corps opulent, sans lui je n'aurais vu qu'un couple de Juifs orthodoxes quittant la table à côté de la nôtre, au café Anna Ticho, à Jérusalem, alors que lui voyait leur amour, la source et la condition de la vie, le matériau précieux sauvé du désastre. *On parle toujours de la Seconde Guerre mondiale, de la Shoah comme d'une grande catastrophe, comme quelque chose de terrible que l'on ne peut regarder en face, à juste titre, mais il faut dire aussi qu'il y eut alors énormément d'amour. Celui des mères qui ont protégé leurs enfants jusqu'à leur dernier souffle, celui des adultes prenant soin de leurs vieux parents. Pendant la déportation en Ukraine, on pouvait voir un père de petite taille, frêle et titubant, porter trois enfants sur son dos. Et mon père aussi m'a porté sur son dos, jusqu'à l'endroit où l'on nous a séparés. Je veux dire par là que l'on voit le monde à travers ce que nos parents nous ont transmis de lui. Et moi, ce prisme, c'était l'amour.*

Son regard pouvait aussi dérouter ses interlocuteurs en les mettant à nu, personne avant lui ne les avait jamais scrutés ainsi, je crois, il était père, mère, camarade et maître, bienveillant et lucide, il distinguait sur leurs traits leurs ancêtres, *Lui, on sent qu'ils étaient vikings, il en a la force rude et la volonté farouche*, il captait les qualités et les failles, *Elle est souriante et un peu agitée, il est à la fois sensible et radin*, il ôtait les oripeaux sociaux, le statut ou le pouvoir de la personne qui était en face de lui ne l'intéressaient pas, il savait que ce sont des attributs qui se perdent, il avait été témoin de la chute de tant d'hommes qui se pensaient en sécurité, protégés par les diplômes, le savoir, la reconnaissance, l'argent, et qui avaient été broyés comme les autres, comme les pauvres, comme les ignorants, honnêtes ou malhonnêtes, compatissants ou égoïstes, ils avaient tous été humiliés, meurtris ou réduits en poussière. Ce qui l'intéressait était la part irréductible de chacun, ce que l'on ne peut arracher à l'homme, sa capacité ou son incapacité à aimer, ses peurs, sa jalousie, son histoire, et par-dessus tout, il s'adressait à l'enfant qu'il avait en face de lui, c'est ainsi que j'ai vu des journalistes en apparence rompus à l'exercice se mettre à sangloter après l'avoir interviewé. Et lorsqu'il ne trouvait pas l'enfant, il s'interrogeait sur la manière dont il s'était enfui. Qui l'avait chassé, et dans quelles circonstances ?

*

Un soir à Toulouse, au restaurant, alors que je lui traduisais le menu, une gaieté bouleversante s'était condensée dans ses yeux quand il avait entendu les mots « riz au lait », et au moment de passer la commande, il avait eu cette phrase, *Prenons le plus simple, un poisson grillé, une soupe de légumes, il faut manger comme l'on parle, comme l'on écrit, sans fioritures qui dénaturent*. Il était végétarien, comme ses parents l'avaient été avant lui, comme Kafka l'avait été, *On ne consomme pas une créature vivante*, disait-il, et puis la guerre avait intensifié son amour pour les animaux, car *la vache contre laquelle je me suis blotti dans une étable et qui m'a donné son lait, le chien contre lequel j'ai dormi et qui m'a prodigué sa chaleur ne cherchaient pas à savoir si j'étais juif et ne voulaient pas me tuer.*

Chaque soir, avant de m'endormir, je tape son nom en hébreu sur Internet, *et vois ce prodige*, il apparaît dans une trentaine de vidéos, pour la plupart mises en ligne le 4 janvier, je vais vers la plus ancienne, une émission de la télévision éducative israélienne en noir et blanc où il s'entretient avec des lycéens, elle date du début des années soixante-dix, je viens de naître à Nice, je dois avoir deux ans et lui quarante, je le découvre, le corps ramassé sur lui-même, comme prêt à bondir pour se sauver si besoin, déjà chauve, ses lunettes cerclées d'écaille empêchent de voir ses yeux, il n'a pas encore retrouvé son visage et son regard d'enfant, il lui faudra encore quelques décennies pour cela. Il fume, dans une dizaine d'années un médecin lui dira, Si tu veux vivre et écrire, il te faut arrêter *la cigarette et le cognac, qui étaient le prix à payer pour chaque page écrite*, les compagnons sans lesquels il lui semblait qu'il ne pouvait pas vivre, et il me dira plus tard encore, *J'aime te voir fumer*, et il me prendra par l'épaule pour ajouter, *lorsque j'ai arrêté, pendant des années j'ai rêvé que j'étais dans une file d'attente pour entrer dans un camp et fumer*, et je resterai interdite, laissant ma cigarette se consumer entre mes doigts.

Dans le studio de la télévision israélienne décoré avec des reproductions des manuscrits de Qumran sont assis Anat, Idit, Rachel, Roni et Avner, le jeune homme qui mène l'entretien et précise d'emblée : Vous avez un style très particulier, vous écrivez des nouvelles dans lesquelles il n'y a pas d'action et où l'espace et le temps se confondent.

Aharon se penche légèrement pour répondre, mains croisées, j'entends pour la première fois la voix de ses quarante ans modelée par son accent roumain, *La nouvelle permet de nombreuses possibilités, elle permet tout d'abord de condenser beaucoup, de capturer les sentiments, des sentiments très ténus, des événements qui nous sont arrivés à des moments différents, l'enfance, qui a été comme absorbée dans chaque cellule, et chaque phrase est comme absorbée elle aussi par une cellule.*

Anat, jeune fille aux longs cheveux noirs et au regard ensommeillé, mélange de douceur et de distance indifférente, dit que la Shoah est considérée en Israël comme un motif central et qu'il semble s'en éloigner, est-ce par peur ?

À vrai dire, chaque événement est important, chaque événement est grand, ce que traverse une âme, c'est difficile à circonscrire, c'est difficile à toucher, c'est le cas également pour la Shoah, il crispe ses épaules, fronce les sourcils, *la Shoah a été un événement si gigantesque, si puissant, avec des dimensions si grandes qu'il est difficile de le saisir*, son corps se remet en mouvement comme pour pénétrer l'air qui l'entoure, il retourne une terre invisible, sidérant de délicatesse et de vigueur, *alors on essaie de capturer les petites choses autour de la Shoah, on se demande : que reste-t-il en nous, ou qu'est-ce qui a sombré en nous ? Quelle musique ? Quelle femme ? Quel regard ? Quel enfant ?*

La jeune fille dit encore, Pourquoi vous concentrez-vous sur la Shoah, alors que ce n'est qu'une petite partie de votre vie ?

Mon enfance s'est déroulée pendant la Shoah et comme on le sait, l'enfance est la source des expériences, un être reçoit le monde dans sa totalité à ce moment-là, ensuite nous construisons une sorte d'édifice intellectuel mais l'enfance est notre fondement, notre première rencontre avec le monde, et ma rencontre avec le monde a été celle-ci, il sourit comme pour s'excuser, comme s'il effleurait ce constat avec douceur et douleur, *c'est-à-dire que je bois à cette source, mais là je voudrais peut-être faire une remarque, le fond et la forme s'imposent à celui qui crée, il ne peut pas choisir*, et il répète cette dernière proposition, les mains écartées, comme tenant un globe transparent et friable entre ses doigts, *c'est ce qui nous a été donné, vous ne pouvez pas choisir vos jambes, ni votre regard, ni votre nez, ça vous est comme imposé, un homme peut écrire sur tout ce qu'il veut mais il y a un contenu et une forme qui lui sont particuliers et qui n'appartiennent qu'à lui, et il ne pourra jamais s'en défaire.*

Idit, cheveux blonds ondulés, dit qu'elle a été impressionnée par la nouvelle *Après la Houppa*, et ajoute, d'un ton voilé de reproches, que la Shoah n'y est presque pas évoquée, c'est plus l'histoire d'un homme qui a traversé la Shoah, qui se retrouve à son propre mariage et ne comprend pas du tout ce qui lui arrive, il n'exprime aucune joie, et la seule personne qui lui prête attention c'est sa femme que l'on a conduite vers lui. Vous pensez que les gens qui ont traversé la Shoah, ça y est, plus rien ne leur est possible ? Bon, c'est sûr qu'ils ne peuvent pas ignorer cela, mais leur vie ne s'est pas terminée, ils peuvent encore aimer et avoir du plaisir. J'entends dans sa voix une colère sourde, elle est polie et dure, elle a envie de protester, de le secouer, de l'obliger à dire que cette période est terminée et que l'on peut passer à autre chose, elle est jeune dans un État d'Israël qui exalte encore les pionniers, le renouveau juif sur une terre ancienne, la guerre de Kippour n'a pas encore eu lieu, la peur de l'anéantissement ne l'a pas accablée, je souffre pour lui qui a tant de fois fait face à ces questions, dont les textes étaient publiés mais qui recevait en retour des questions d'incompréhension comme autant de gifles, Appelfeld, pourquoi la guerre, pourquoi la mort, pourquoi les victimes encore, pourquoi pas le kibboutz, le Juif neuf et fort ?

Il offre à la jeune fille son plus beau sourire et lui répond, pédagogue et tendre, *Écoute, dans la souffrance aussi il peut y avoir du bonheur, dans la détresse aussi il peut y avoir du bonheur, je veux dire, un être qui a traversé la Shoah est d'une certaine façon plus riche en expérience, une expérience très profonde, il a accumulé en lui un très grand bien constitué de cette expérience, les gens qui ont traversé la Shoah ont vu des choses que personne n'avait jamais vues jusque-là, c'est-à-dire que le bonheur nous entraîne parfois vers une certaine exubérance, nous sommes joyeux, nous sommes heureux, nous restons en surface, mais la souffrance est parfois la source qui, on pourrait dire, nous conduit vers l'amour, le grand amour, pas le superficiel, pas l'amour bourgeois, mais l'amour vrai, fondateur, et qui nous conduit aussi à Dieu parfois.*

L'image tressaille, il y a une coupure, Anat demande, Pourquoi n'écrivez-vous pas de roman ?

En fait, j'ai essayé de rassembler les éclats épars, j'ai essayé de me forger quelque chose que l'on peut définir comme une sensation du monde. Qu'est-ce que cela signifie ? J'ai voulu sentir ces gens-là, qui sont dans leur coin, parlent tout seuls et se trouvent soudain entourés de gens qui souffrent également, et la souffrance commence à être commune, les êtres continuent de dialoguer avec eux-mêmes mais il y a un écho à leur souffrance, parfois un écho, il cherche ses mots, rit, le garçon qui s'appelle Roni baisse la tête et pousse un léger soupir, *on pourrait dire un écho lui-même déraciné, un certain écho qui signifie que d'autres gens vous entendent, et le tout forme une sorte de résistance souterraine de gens qui souffrent.*

Plan sur Idit, un sourire gêné se dessine sur ses lèvres.

Avner reprend la conduite de l'entretien : Est-ce qu'en Israël ces gens se sentent encore étrangers ? Ils retourneront toujours, enfin, vous retournez toujours à ces paysages anciens d'Europe, vers la neige, vers les montagnes, il n'y a pas de racines plantées dans le nouveau lieu.

En général je ne m'occupe pas de questions sociales, je ne m'occupe pas de problèmes politiques, je m'occupe principalement de questions d'intériorité, de psyché, je sens parfois que nous sommes comme des oiseaux, nous errons, nous errons encore, nous sommes encore là-bas et nous sommes ici, nous n'avons pas encore de racines, nos racines sont flottantes, mais je pense que c'est une expérience profonde qui nous appartient, qui se répète, et que nous ressentons de nouveau chaque fois. Il nous semble parfois que voilà, c'est ainsi, tout est là, immuable, et on oublie qu'en fait la plupart d'entre nous sont des réfugiés, nous venons seulement d'arriver, nous ne connaissons pas encore les olives, nous ne connaissons pas les grenades, nous ne connaissons pas encore le dattier, nous flottons encore quelque part. C'est-à-dire qu'il est fort possible que sur le plan physique chacun ait une maison, un fauteuil dans lequel il prend place, mais sur le plan de l'esprit, nous errons encore.

Anat reprend de sa voix douce et lasse : Là où l'on entend parler de la Shoah, on entend toujours parler des Allemands, des nazis et des Allemands, et chez vous, il n'y a pas ce motif du tout, vous ne voyez pas les Allemands dans la Shoah ?

Il bredouille légèrement, les mots s'entrechoquent dans sa bouche, il a soudain cette expression de quête profonde et cette voix que je connaîtrai dans trente ans, *La question qui me préoccupe toujours c'est : que m'est-il arrivé ? pas : qu'est-il arrivé à l'extérieur ?* sa main gauche s'ouvre et reste suspendue en l'air, les jeunes essaient de l'interrompre, il poursuit, *Vous comprenez, les Allemands c'est déjà une question administrative, politique, les Allemands chez moi se sont transformés en ce poison qui existe en moi*, il laisse résonner cette phrase énigmatique, *nous avons en quelque sorte avalé ce poison, il se trouve en nous, c'est-à-dire que je ne m'occupe pas du tout du monde extérieur, j'essaie de comprendre comment cela nous a pénétrés, et ce qui reste de tout cela.*

Petit brouhaha, Roni parvient à s'emparer de la parole, Vous n'êtes pas né en Israël et l'hébreu n'était pas votre langue maternelle, qu'est-ce que cela fait d'écrire dans une langue, on peut dire la langue sacrée ? On voit aussi qu'Israël n'est pas votre patrie, il n'y a presque pas de descriptions de paysages de ce pays, vous avez des descriptions de neige, de forêts, et même lorsque vous évoquez Jérusalem, il n'y a pas de description de Jérusalem, comment peut-on expliquer cela, que vous habitiez en Israël depuis si longtemps et que, en apparence en tout cas, vous ne vous soyez pas enraciné ici ?

Un homme naît quelque part, il vit avec ces paysages, c'est une part de son destin, il ne pourra jamais les extirper de lui-même, c'est-à-dire que je sens la neige, mais je ne sens pas encore le vent de sable, je le ressens bien sûr sur le plan physique, mais ce n'est pas quelque chose qui est encore une essence spirituelle. La neige, c'est comme si la neige se trouvait en moi, ses doigts se rassemblent pour faire entrer la neige en lui, *je la sens, elle a une odeur, elle a une couleur. Je suis né dans la neige, j'ai poussé dans la neige, un être transporte avec lui cet héritage, il ne peut pas s'en défaire, c'est pourquoi j'ai commencé en disant que le fond et la forme nous étaient comme imposés, à nous, les artistes, nous ne pouvons nous en libérer. Je peux écrire en apparence sur n'importe quel sujet, je peux écrire sur les périodes de réserve, sur l'armée, sur le lycée, je peux écrire sur tout, mais en fait je ne peux pas écrire sur tout, parce que je suis planté dans un certain lieu, et je suis relié à ce monde*, sa voix est presque inaudible, je ferme les yeux pour mieux l'entendre, *et je ne peux pas en sortir*.

L'hébreu est une langue étrangère pour vous, on peut dire que vous auriez dû écrire dans une autre langue ?

J'ai eu la chance d'arriver en Israël sans langue, je savais un peu de russe, un peu d'allemand, un peu de yiddish et j'ai adopté l'hébreu, c'est devenu une partie de moi. La langue est un instrument, un outil que l'on peut utiliser, mais les expériences restent les expériences.

Idit revient à la charge : Il faut qu'il y ait un rapport au public, et chez vous j'ai senti que vous n'avez pas du tout pensé – sa voix est étranglée par le reproche – comment moi, un être simple, je recevrais ce que vous écrivez, j'arriverais à le comprendre, vous n'avez pas essayé d'écrire cela de manière claire, mais plutôt avec beaucoup d'associations, avec tous vos souvenirs. On dirait que le public n'existe pas du tout pour vous.

Menton niché dans sa main droite, il a un sourire résigné et émerveillé, *Un écrivain doit être avec lui-même avant tout, on ne peut rien y faire, il n'y a pas d'autres possibilités, il doit être fidèle à lui-même, à sa voix, à sa musique, à ses expériences, s'il commence à loucher, ce n'est pas bien, c'est même très grave. Il doit être comme le musicien relié à son instrument. Lui doit être relié à ses lettres, à sa vie intérieure, et s'il commence à tricher, à user de ruses, c'est très grave. C'est pourquoi il est interdit que le public joue un rôle.*

La lycéenne est décontenancée, elle le regarde cette fois sans jugement apparent. Anat prend la parole, se lance dans une formulation assez sophistiquée pour poser une question sur la façon dont les Juifs sont décrits dans ses nouvelles.

J'écris sur moi, j'écris sur moi dans certaines circonstances, et principalement sur les Juifs, car je les comprends.

Mais dans « La Peau et la Tunique », poursuit Anat, il y a cette femme qui rentre de Sibérie, on ne peut pas du tout faire la distinction entre elle et son environnement non juif, elle va avec toutes les femmes non juives chez le curé, elle leur ressemble, et il n'y a aucun signe ou aucun indice sur le fait qu'elle est juive.

Tu comprends chez Betty, cette héroïne, il y a comme une armure lourde de graisse, sa voix est plus grave, ses mains font surgir l'épaisseur de cette armure, *mais à l'intérieur de cette graisse il y a un point de lumière, on pourrait dire une étincelle qui est très juive, alors elle part en Israël pour se découvrir en tant que Juive, pas seulement pour trouver un mari. C'est comme si les années l'avaient recouverte d'une armure étrangère à sa judéité si l'on peut dire, et ici elle essaie de trouver le point juif, oui, Dieu, ou elle-même, si l'on peut dire ainsi.*

Idit reprend ses esprits et pose la question suivante : Vous avez vous-même défini le sujet principal de l'histoire, Betty et son mari. Quel est donc le rôle du premier chapitre ? D'après moi, c'est une scène qui n'est pas du tout, du tout naturelle. Gruzman s'adresse à une femme dans la rue, lui dit bonsoir, et elle recule vers l'escalier d'un bâtiment, alors surgit un homme avec un parapluie qui fait comme s'il la protégeait et qui s'enfuit ensuite, qu'est-ce que c'est que…

Je ne voulais pas commencer le livre dans un roulement de tambour, je voulais le commencer dans une ruelle, avec une femme que l'on ne connaît pas, il se redresse, ses mains ouvertes oscillent devant lui et tout son corps avec, il danse avec cette femme que nous ne connaissons pas, *parfois nous croisons une femme comme elle et nous ignorons qui elle est, et ce n'est qu'en écrivant son histoire que moi je la découvre. C'est une tentative pour rapprocher de moi, et du lecteur, cette expérience d'être dans la*

Sortons marcher, m'a-t-il dit après avoir lu pour moi une histoire où Rabbi Nachman de Bratslav raconte à ses disciples le rêve qu'il a fait. Il était dans une forêt, pourchassé par les habitants du village. De quelle faute était-il coupable ? Il l'ignorait, et cette ignorance redoublait l'angoisse qui l'étreignait face aux cris de la foule réclamant sa mort. Il a lu le texte pour moi, en suivant les mots de son doigt, sa main gauche dessinant des volutes aériennes pour accompagner le texte, il m'a fait la lecture comme à une enfant, une élève, éclairant le sens d'un terme, d'un mot, je me souviens d'un seul, התבודדות, recueillement, isolement, la seule façon de prier vraiment selon Rabbi Nachman, sans texte établi, en laissant les mots couler de soi, et j'ai compris que lorsque Aharon disait, *l'écriture est une prière*, ou *l'écriture est la musique de l'âme*, cela venait de ce maître. Il s'est arrêté de lire, a attendu quelques longues secondes avant de me dire, *Tu vois, je suis persuadé que Kafka avait lu cette histoire, il venait d'une famille juive assimilée, comme moi, mais je sens qu'il avait lu Rabbi Nachman, il rue, et de croiser une inconnue qui cesse de l'être brusquement.*

Il continue de parler mais la musique du générique de fin s'enclenche, un air de flûte s'élève sur ses gestes qui dessinent des vols d'oiseaux.

avait intégré la culpabilité effroyable des innocents. Et son regard s'est à la fois élargi et affûté, j'ai eu la vision d'une pointe d'argent perçant une eau étale, j'ai hoché la tête, percevant sa proximité intérieure avec les deux hommes. Il a enveloppé mon visage de ses mains et souri, *Tu as écouté sagement, tu as droit à un baiser*. Puis il a eu un petit rire qui a dissipé la solennité de l'étude, l'affection exprimée, et nous sommes donc sortis, dans ce mouvement vif qui le caractérisait avant qu'il ne s'appuie sur une canne, et même alors, il restait des ressorts en lui, ce bondissement qui l'animait, qui pouvait s'esquisser sur quelques millimètres à peine, un mouvement du menton, un haussement des sourcils, tant et tant de vitalité contenue en lui.

Nous avons marché en silence, et nous sommes assis dans un jardin sauvage, à l'ombre d'un poivrier. La matière de nos discussions était toujours la même et toujours changeante, c'était un ruisseau où s'écoulaient les mouvements de sa vie, de la mienne, et parfois ceux du monde autour. *C'est curieux de penser que lorsque j'étais enfant, je m'appelais Erwin. Les gens qui m'appelaient ainsi sont tous morts aujourd'hui, mais j'entends encore la voix de ma mère m'appelant le soir pour me donner le bain, Erwin, kommen Sie*. Il avait une mémoire extraordinaire des mots prononcés devant moi, *Ça, je te l'ai déjà dit je crois*, et c'était vrai, mais chaque fois aussi il dévoilait une nouvelle scène, m'en faisait don, comme ce jour-là donc, sur le banc de pierre qui dessinait un demi-cercle irrégulier sous le poivrier, où il m'a parlé de sa jeunesse. *À l'armée, j'étais avec des Juifs marocains, ils m'aimaient beaucoup, ceux qui ne savaient pas écrire en hébreu me demandaient de faire leur courrier, ils avaient du mal à prononcer mon nom, ils m'appelaient Aflalo, et ensuite j'ai été professeur de danse à Netanya, dans une usine où travaillaient des rescapés. Le soir, après leur journée de travail, ils venaient dans la salle commune et je devais leur apprendre à danser. Ils avaient peur de s'approcher les uns des autres, de se toucher. Ils transpiraient, leurs corps ressemblaient à des pantins désarticulés qui s'entrechoquaient, se heurtaient*, et il se balançait de gauche à droite en scandant les mots de ses mains qui dessinaient ces corps, organisant pour moi leurs mouvements désorganisés, *que n'y a-t-il pas eu pendant ces cours ? Des cris, des pleurs, des fous rires, des hommes et des femmes qui trébuchaient, tombaient, d'autres qui s'accrochaient à un partenaire et ne le lâchaient plus, immobiles, statufiés. Je devais leur enseigner le tango et la valse. Il y a tout eu dans ces cours, oui, tout, sauf du tango et de la valse.*

Pendant la guerre, et dans les camps de transit, j'ai vu les corps des femmes humiliés de la pire des manières. Il m'a fallu du temps pour ne plus être épouvanté par le corps d'une femme.

La brise a agité les branches du poivrier, un silence, il en avait assez dit, j'ai cherché quelque chose pour dissiper mon trouble, j'ai bredouillé, Mais on t'a nommé comme professeur de danse parce que tu savais danser tout de même ?

Il a rejeté la tête en arrière et ri, avec un mélange rare de malice et de ce qui était peut-être de l'amertume, ou de la tristesse, j'ai des doutes lorsque j'essaie de définir ce rire, le même que celui qu'il avait lorsqu'il posait la main sur mon épaule et murmurait en lançant un regard en biais vers ceux venus l'écouter religieusement, *Est-ce qu'ils comprennent que j'ai passé des années avec des criminels ? Est-ce qu'ils savent vraiment ce que cela signifie ?*

Son *école de la vie*, son *éducation*, comme le temps passé chez la prostituée Maria, qui sous sa plume est devenue Mariana. J'essaie d'approcher cet enfant entrant dans l'adolescence, cet *enfant de bonne famille qui avait appris les bonnes manières* et vivait soudain avec des criminels et des voleurs, j'entends son murmure : *Et un jour, ils ont tué devant moi.*

Avec ces voyous qui l'enrôlent dans leur bande, l'exploitent et le sauvent, il évite de parler pour que sa langue ne trahisse pas l'enfant issue de la bourgeoisie juive assimilée, celle qui parle encore allemand, alors que Czernowitz est déjà roumaine. Il découvre l'alcool, les cigarettes, il s'introduit par des lucarnes dans des écuries pour voler des chevaux. *Dans cette bande de criminels, il y avait un homme gigantesque à la voix forte, le plus impressionnant de tous. Chaque soir, il sortait un escarpin de son sac à dos et s'agenouillait pour le lécher avec adoration, du talon jusqu'à la pointe.* Il me scrute quelques secondes, yeux écarquillés et interrogateurs, hochant imperceptiblement la tête, chaque phrase chez lui, chaque idée, chaque image est accompagnée de son aura de silence, la scène entre en moi en même temps que son regard se fait plus pénétrant. *Imagine-moi, enfant, découvrant qu'un homme pouvait faire cela et me demandant pourquoi*.

Il y a une clé dans cette scène, mais elle n'ouvre pas la porte, elle l'entrebâille à peine, donnant à voir dans un rai d'obscurité un feu de camp, une poignée d'hommes sans doute ivres et lui, dix ou douze ans, assis dans un coin, enfant bourgeois devenu sauvage, prenant de plein fouet ce cérémonial énigmatique, ce langage des fantasmes, et déjà la porte se referme. Je bute peut-être avec lui sur ce qu'il n'a pas réussi à attraper dans les filets de sa mémoire, jamais je n'ai senti de manière aussi aiguë et désemparée les béances de ces années-là en lui, mais quelque chose surgit pourtant, des sensations, des images furtives, et un adjectif s'impose : animal. Les pulsions, l'instinct de survie, les sens aux aguets : aucun de ces états ne lui était étranger et le langage des corps l'intéressait plus que tout autre parce qu'il avait vu les corps agir et subir ce qu'il y a de plus sauvage. Me revient en mémoire un entretien qu'il a eu avec une écrivaine américaine à Jérusalem, ce moment où elle a résumé sa vie et lui a demandé : Comment avez-vous survécu à tout cela ? Et lui, la fixant par-dessus ses lunettes : *Mais, chère Nicole, vous savez bien que je suis une créature sauvage*. Je ne m'attarde pas sur l'éclat de rire qui a parcouru la salle, sur l'interprétation de cette phrase, perçue par certains comme une réponse ambiguë teintée de malice (et elle devait l'être un peu), je saisis les mots *créature sauvage,* les superpose à sa façon si unique d'être prêt à bondir, je me replonge dans les notes prises en l'écoutant, en le traduisant, et tombe presque aussitôt sur ces lignes :

Jusqu'à mon arrivée en Israël, j'étais tel un animal aveugle.

J'ai été dans le ghetto, dans le camp, dans les forêts, seul, tel un animal de lieu en lieu.

On frappait – je me baissais.

On tirait – je cherchais un abri.

Rester en vie. Une tranche de pain, un verre d'eau.

J'espérais le moment où l'on ne me frapperait pas, j'espérais un mot doux.

Ainsi, de 41 à 46.

*

D'autres scènes sauvages sont restées en lui, il ne m'en a livré qu'un mot qui n'a rien ôté à leur opacité mais m'a permis d'effleurer leur contenu, c'est le silence le plus profond que nous ayons partagé, les yeux grands ouverts sur des nuits âcres d'enfance, et sur ce silence-là, il est encore trop tôt pour mettre des mots.

*

Un jour, j'ai pensé que les gens percevaient chez lui ce qui les rassurait : la sagesse, la douceur, l'humour, *l'amour de la vie et des créatures.* Il me semblait qu'ils écartaient ce qui pouvait les gêner, une sensualité dont la tonalité les désarçonnait, comme celle d'Amalia et Gad, frère et sœur aux corps unis dans *Floraison sauvage*, et ils ne comprenaient pas toujours ses personnages empreints d'une colère sourde mêlée de désolation, comme Bruno dans *Et la fureur ne s'est pas encore tue*.

Tu vois, je ne me suis jamais mis en colère en hébreu, mais en allemand, oui, deux fois.

Parfois, son regard avait une dureté d'airain, et je savais qu'il s'adressait à quelque chose ou quelqu'un que je ne voyais pas.

*

Quelques semaines avant sa mort je l'ai appelé pour lui raconter un voyage en Allemagne, à Bad Berleburg. Il pleuvait des cordes, quelques dizaines de personnes s'étaient déplacées dans le hangar d'un concessionnaire BMW où avait lieu une rencontre où j'avais parlé de Jacob, le petit Juif de Constantine tué en Alsace en 1945. Je ne lui ai pas dit que, le soir au dîner, il y avait à ma table un homme déjà âgé, dont les yeux souriaient et pleuraient à la fois, et qui m'avait confié, Moi aussi j'ai perdu quelqu'un pendant la guerre, j'avais quatre ans, c'était mon père et c'était un SA, et j'ai cru entendre dans son anglais approximatif : toute ma vie j'ai vécu avec ce poids. J'ai dit tout de même à Aharon que j'avais fait comme lui, en pensant à lui, j'avais demandé à mon voisin de table combien de Juifs il y avait dans cette ville autrefois. Environ deux cent cinquante, m'avait répondu l'homme, tous exterminés, la synagogue n'a pas été brûlée pour éviter que les immeubles mitoyens soient aussi la proie des flammes, mais ce n'est plus une synagogue aujourd'hui, la seule trace qui reste, c'est le vieux cimetière juif, il n'a pas été détruit, avait-il précisé, et son soulagement était perceptible, quelque chose avait été sauvé du désastre, les nazis ne s'en étaient pas pris aux morts ici. J'aimerais le voir, avais-je dit, Nous n'aurons pas le temps, avait répondu l'organisatrice, votre train part tôt demain. Pourtant, au petit matin, le vieil homme avait fait un détour et coupé le contact sans un mot devant quelques tombes dispersées à flanc de coteau sous des chênes, il avait tenu à escalader le talus avec moi et je craignais qu'il ne glisse sur l'herbe détrempée, son visage avait viré au rouge brique, il était essoufflé et tenace, et nous étions demeurés côte à côte devant la tombe de Sahra Komberger, née le 8 avril 1813 et morte le 8 décembre 1872, quelle avait été sa vie et qui dans ce monde se souvenait d'elle ? Je n'ai pas osé dire, Aharon, je me suis recueillie dans un cimetière juif avec le fils d'un SA, je ne voulais pas prendre le risque de le heurter, il m'avait dit une fois, *J'ai accepté d'aller en Allemagne à partir du jour où mes éditeurs étaient trop jeunes pour avoir fait la guerre*. L'homme de soixante-dix-huit ans qui se taisait dans le cimetière de Bad Berleburg près de moi n'avait pas fait la guerre, mais il y avait une probabilité infinitésimale que son père soit l'assassin de la mère d'Aharon, ou pour qu'Aharon le pense, si bien que j'ai passé ce moment sous silence, je ne lui ai pas dit que ces minutes m'avaient ébranlée et réconfortée, je crois que c'est la seule fois que j'ai eu peur de provoquer sa colère, mais je lui ai parlé du cimetière en floutant la présence du fils de SA et j'ai ajouté qu'avant de remonter dans la voiture j'avais jeté un coup d'œil au monument élevé à la mémoire des Juifs de la ville et noté une faute sur l'inscription en hébreu, quelqu'un avait accordé l'eau au féminin singulier, alors qu'en hébreu, l'eau est toujours au masculin pluriel, *et donc même ce monument porte la trace d'une faute*.

Chaque jour je contemple le visage de ma mère, j'étudie chacun de ses traits.

*

Chaque matin, je traduis mes notes, la journée commence en cherchant sa voix en moi. J'ai du mal à regarder les enregistrements récents où il ressemble trop à celui que j'ai connu, j'ai envie plutôt de le retrouver en captant quelque chose de lui auquel je n'ai pas eu accès de son vivant. Une nouvelle vidéo a été mise en ligne, elle date de 1982, un an avant mon départ pour Israël, c'est le moment où j'entre dans l'adolescence, dit-on, mais je n'ai pas une idée très précise de ce que cela signifie, vouloir être quelqu'un d'autre probablement. Il m'arrive de mettre de grosses lunettes de soleil et de parler anglais avec les vendeuses des Galeries Lafayette et à mon grand étonnement ça marche, elles me croient américaine, se désolent de n'avoir que trois mots d'anglais pour me répondre, et je jubile d'être témoin de leurs efforts sans me douter que bientôt je serai dans une situation de détresse linguistique bien plus grande qu'elles, tous autour de moi parleront hébreu et je me cognerai contre mon incapacité à comprendre et à me faire comprendre. J'ai douze ans donc au moment où la télévision israélienne lui consacre un portrait qui commence par un long travelling au ras de l'eau, la caméra se faufile entre les roseaux, une voix lit les premières pages d'un de ses livres – lequel ? Je sais aussitôt que je ne l'ai pas traduit, il y est question d'un certain Janek et d'un pêcheur.

Un plan le montre en train de marcher, en pantalon clair et chemisette, dans un grand hall, l'université de Beer-Sheva où il a enseigné peut-être ? La voix d'une commentatrice égrène quelques lignes de sa biographie, la naissance, la guerre, sa mère assassinée, la déportation avec son père en Ukraine. La voix d'Aharon, vibrante, mélodieuse, poursuit la lecture, *Et ainsi, sans parents, dans des champs inhospitaliers et dénués d'humanité, nous avons grandi comme grandissent les animaux, résignés et dans une terreur cachée. L'instinct de survie nous guidait et nous lui obéissions, et c'est comme ça que notre destin nous a offert trop tôt une entrée cruelle, pas seulement dans notre intériorité, mais aussi dans le monde de nos parents qui nous avaient été arrachés brutalement et nous avaient laissés dans un espace hostile constitué d'une nature sauvage et de non-Juifs.* Le portrait de sa mère Bounia apparaît sur l'écran, le visage tourné vers la droite, dégageant la ligne parfaite de ses épaules et de son cou dans une robe au décolleté évasé, l'infinie douceur de son regard, ses traits d'actrice de cinéma muet, la femme qui lui a donné la vie, des réserves d'amour et un rapport poétique au monde, la mère de toutes les mères de ses romans. Un portrait en pied de lui à six ans lui succède, il regarde aussi vers la droite, il a ses yeux, il agite un fouet de la main droite vers un cheval en bois plus petit que lui. Sa voix se fait de nouveau entendre, il ne lit plus mais s'adresse à un public, *Je voulais vous présenter ce livre*, la caméra s'attarde sur une étudiante puis revient sur lui, il tient un livre dont le titre en hébreu est *Ici, il n'y a pas de papillons*, il dit en le montrant, *Dessins et poèmes d'enfants du ghetto de Theresienstadt*, il cherche comment introduire son cours, *Est-ce que vous ? Certains, je sais,* il baisse la tête, la redresse pour regarder ses étudiants droit dans les yeux, *C'est un livre de dessins, de dessins et de poèmes écrits par des enfants au cœur de l'effroi, et ce modeste livre nous ramène au point essentiel de notre sujet, comment affronter cet effroi ?*

Plan sur un collage de maisons aux toits rouges dans une campagne verte, *On y trouve le poème, « Le Jardin ». Petit, mais plein de roses est le jardin/Un petit garçon s'en va sur le chemin/Il est adorable, beau comme un bourgeon/Lorsque le bourgeon s'ouvrira/Il ne vivra pas, car il mourra, ce petit enfant*. Défilent des photos de Juifs dans une rue, de nombreux enfants, des familles en train d'être raflées, certains contournent ou restent en arrêt devant un jeune homme qui gît à terre, bras écartés.

Plus d'une fois je vous ai rapporté des phrases, des fragments, et j'ai essayé de vous montrer combien nous sommes démunis lorsque l'on affronte ce sujet. Lorsqu'un homme dit, J'ai froid, j'ai chaud, j'ai faim, c'est accessible à notre compréhension. Mais lorsqu'un homme dit à Auschwitz j'ai froid, j'ai chaud, c'est déjà dénué de sens. Les mots dans ces lieux, dans ces lieux terr… il bute, reste sans voix quelques instants, le mot a du mal à franchir ses lèvres, *terribles si on a le droit de le dire ainsi*, il cherche encore la formulation exacte, l'obstacle est visible dans sa poitrine, *les mots n'ont pas de sens – c'est trivial, petit, dénué de sens. On a besoin d'une nouvelle langue pour exprimer le froid à Auschwitz, la chaleur à Auschwitz, et comme nous n'avons pas de nouvelle langue, nous utilisons les anciens mots, et les anciens mots, quand ils entrent à Auschwitz, n'ont plus de sens. C'est une autre température, et dans une autre température, vous avez besoin d'autres mots, il existe des températures dans lesquelles les mots se consument tout simplement.*

Plan sur deux étudiantes, l'une à lunettes, l'autre portant un débardeur, et cette deuxième étudiante me ressemble, je lui suis reconnaissante de pouvoir m'identifier à elle en train d'écouter le professeur Aharon Appelfeld qui poursuit son cours, mais la voix d'une commentatrice couvre la sienne pour dire qu'en plus de l'écriture, il enseigne à l'université Ben Gourion où il anime un séminaire sur la littérature de la Shoah et un cours de *creative writing*. Il est de nouveau sur l'estrade, le plan s'est élargi, il parle avec ses mains, ses bras, tout son corps,

La chronologie raconte en suivant un ordre, elle court de là à là en racontant les événements, l'art choisit à l'intérieur de la chronologie et construit une structure pleine de sens.

Plan sur un train qui fend la nuit, les rectangles éclairés des vitres se succèdent dans l'obscurité, comme les événements dont il vient de parler. Le premier lecteur reprend : *Il y a de nombreuses années, maman et moi sommes rentrés à la maison, par un train de nuit, d'un lieu d'une belle quiétude, mais inconnu. Les teintes bleu sombre à travers les fenêtres firent monter dans mon cœur les eaux tranquilles au bord desquelles maman et moi avions passé l'été. C'était une rive sauvage, jonchée d'objets abandonnés, et les gens aussi semblaient abandonnés dans une immobilité silencieuse.* Je reconnais *Le Temps des prodiges*, le livre par lequel je suis entrée dans son monde, dans ce train numéro 422 qui s'arrête et dont les passagers, *citoyens étrangers et citoyens autrichiens non chrétiens de naissance sont invités à s'inscrire au bureau qui vient d'ouvrir dans la scierie.*

Le plan sur le train s'achève, il est assis dans la salle de cours vide : *Pouvons-nous toucher le feu ? Bien sûr, nous ne le pouvons pas, nous ne pouvons pas regarder le soleil en face. C'est pourquoi nous tentons de comprendre le feu par sa périphérie. Nous ne pourrons jamais contenir le feu lui-même, et c'est pourquoi je traite beaucoup, par exemple, de la période d'avant la Shoah, de celle d'après la Shoah, mais je ne touche pas directement à la*

Shoah, ou très peu. Je pense que c'est inhumain d'écrire sur des fours crématoires.

Changement de lieu, plan sur un adolescent, puis sur un enfant, Aharon est derrière lui et fait un geste qui peut être le déplacement d'une pièce sur un jeu d'échecs. Meïr et Yitzhak, ses garçons ? Le pied d'un troisième enfant surgit dans le champ pour se frotter contre sa main. La voix de la commentatrice reprend pour dire qu'il s'est échappé à neuf ans d'un camp dans lequel il était demeuré un an. J'ai des doutes sur cette précision, et lui aussi en avait, conscient des contradictions et des trous qu'il pouvait y avoir dans son récit autobiographique, se dérobant aux questions trop précises, *À la fin de la guerre, nous autres enfants étions incapables de raconter quoi que ce soit, contrairement aux adultes, nous ne connaissions ni les lieux ni les dates de ce qui nous était arrivé, il ne nous restait que des taches de mémoire.*

La partie se termine, c'est une partie d'échecs et elle a lieu chez lui, à Mevasseret Zion, ce sont ses enfants et c'est sa femme Judith qui rit sur le canapé en caressant les cheveux de Batia. Il a réussi à fonder une famille, et c'était, pour lui qui avait perdu si tôt la sienne, l'accomplissement le plus difficilement envisageable. Un air de valse viennoise rapide, plan sur un auvent en bois, sa voix ronde confie : *Je me souviens de beaucoup de choses, et je ne me souviens de rien. Je me souviens de beaucoup de choses, des grains de blé, des concombres frais et de l'odeur des concombres, ou de celle des tomates, ou des cerises. C'est pourquoi je suis si relié à mon enfance même si je ne me souviens pas des détails exacts.* Il est dans un grand café vide, quelqu'un passe dehors sur une mobylette. *Je me souviens de moi contemplant beaucoup, ne jouant pas, regardant plutôt les enfants qui jouaient, sans oublier que se posait la question de ceux qui étaient juifs et de ceux qui ne l'étaient pas, il y avait toujours une certaine distance, et c'était dit parfois avec un soupçon d'ironie : oui, ils jouent.*

La commentatrice parle de ses débuts en littérature, il a publié dix livres au moment où ce portrait est réalisé, on le voit écrire dans un café, sans doute à Mevasseret Zion, tête penchée, regard concentré, comme je l'ai vu tant de fois ensuite lorsque je le rejoignais au café Anna Ticho. *J'écris la plupart du temps dans des cafés parce qu'ils ont quelque chose d'anonyme. Ce n'est pas la maison, vous n'êtes pas à votre bureau, il n'y a pas votre lit, vous êtes anonyme, mais ce n'est pas un anonymat total, vous pouvez regarder, et c'est important ; bien sûr, pas des cafés bruyants, mais là où l'on peut observer une main, un visage, une tasse.*

En fait, un être se prépare dès son enfance à être un artiste. Un des traits qui caractérisent l'artiste est une certaine passivité, il contemple les choses, je suis très...

Il n'achève pas sa phrase, perdu dans ses pensées, le visage posé sur ses mains jointes.

À l'époque, pendant la guerre, pendant mon enfance, dans les villages il n'y avait pas d'électricité, alors il y avait partout des lampes à pétrole très belles.

Il trempe ses lèvres dans une tasse de café.

Nous sommes assis à une table, par exemple, et nous nous taisons, c'est une image dont je me souviens avec précision. Et une autre image dont je me souviens avec précision : nous sommes dans un champ et nous contemplons un arbre, et puis une certaine excitation qui vibre quand la carriole est attelée et que nous sortons nous promener en ville. Le ciel est haut et bleu, la neige fraîche, il détache chaque mot comme s'il lisait un poème contenant toute son enfance.

La commentatrice dit qu'après la guerre, en 1946, il est arrivé avec d'autres orphelins dans une ferme agricole des jeunesses sionistes. Travelling sur des paysages si différents des Carpates qui l'ont vu naître, oliviers disséminés dans une terre de poussière et de roche. Il lit, *Après des années d'errance et de souffrance, la terre ressemblait à un large espace de quiétude, entraînant vers un profond sommeil. Et c'était le désir le plus ardent : dormir, dormir pendant des années, s'oublier et renaître. Mais il y avait quelqu'un qui ne laissait pas ce désir s'épancher, il posait des questions, et ses questions avaient le son mauvais d'un métal accusateur. Que s'est-il vraiment passé là-bas ? Et comment se fait-il que vous ayez été sauvés ? Les questions qui venaient de l'extérieur n'aidaient en rien, c'étaient des questions montrant une incompréhension abyssale, des questions de ce monde qui ne rejoignaient en rien le monde dont nous venions, comme si une question était posée sur un gouffre immense, ou au contraire sur l'éternité.*

Sa voix est un souffle doux et douloureux. Erwin, *le garçon qui voulait dormir* et dont il écrira l'histoire trente ans plus tard, pointe déjà dans ces lignes et justement, Aharon est assis à présent dans la ferme dirigée alors par Rachel Yanaït, là où l'on voulait créer un homme nouveau, un Juif libre et fier, un agriculteur sain de corps et d'esprit, mû par l'amour de la patrie.

La commentatrice donne le titre du livre qui ouvre le documentaire, *Mihvat ha-Or*, La Brûlure de la lumière, où il met en scène, dit-elle, de jeunes rescapés qui rencontrent la réalité israélienne dans un camp d'accueil, et qui a été perçu comme une critique du sionisme, mais lui, il ne cherchait pas à critiquer, à théoriser, simplement à écrire les paysages les plus enfouis de l'âme humaine. Je sais que je rencontrerai ce livre un jour, je devine qu'il me parlera de l'oubli dans lequel je me suis aussi glissée et je suis surprise par le ton du lecteur, il calque sur les phrases d'Aharon une autre musique que la sienne, celle précisément des jeunes agriculteurs sains de corps et d'esprit que voulait former Rachel Yanaït, le débit est rapide, musclé, le malaise de l'homme qui reproche à un jeune rescapé de ne pas oublier ce qui s'est passé semble être le sien.

Aharon fait la visite des lieux avec la journaliste, lui montre le dortoir, la salle de classe, *Rien n'a changé, ce sont les mêmes portes et les mêmes poignées, et à travers elles, à travers ces murs, nous nous sommes imprégnés de quelque chose, ça nous a apporté l'odeur d'Eretz Israël, et toute sa beauté. Nous savions : quelque chose en nous de chaud et de précieux s'était perdu en chemin dans l'oubli de nous-mêmes, quelque chose que nous pouvions refouler, les visions d'enfance et les chuchotements de la neige. Mais sans eux, que sommes-nous ?*

Il continue de marcher dans les couloirs de la ferme, le pas alerte, il montre sa chambre, *Ici était mon lit*, des poissons nagent dans un aquarium, *Et ici, maintenant, on élève des poissons*, l'ironie de la situation transparaît dans sa voix, il désigne une baie vitrée, *Par ces fenêtres on voyait le mont Moab, et en été, à la fin de l'été en particulier, l'horizon était bleuté d'une manière très singulière, un bleu extraordinaire, oui. Je passais ici de longues heures*.

La commentatrice fait un aparté pour dire qu'aujourd'hui, la ferme est une annexe de l'Université hébraïque dédiée à la recherche génétique, une voix masculine explique que des greffes sont faites sur des pétunias de type F1, il est apparemment important qu'ils aient la même couleur, la même taille, les mêmes qualités.

Aharon lit : *L'oubli de notre conscience était si profond que le jour venu, lorsque nous avons émergé de ce sommeil, la stupéfaction nous a frappés violemment. Nous avions été si éloignés de nous-mêmes, comme si nous n'étions pas nés dans des familles juives et que tout ce qui nous était arrivé n'était rien d'autre qu'un crépuscule dont la source était inatteignable*.

Une photo de lui en uniforme dans la ferme, calot militaire sur la tête, serrant un livre dans ses mains.

Quand je suis arrivé ici à quatorze ans, j'ai commencé à me chercher, j'ignorais quelle direction prendre, et cette quête est allée vers la lecture, une lecture continue, je me souviens que je partais d'ici pour aller sur le mont Scopus, je roulais pendant des heures vers le mont Scopus, je rapportais des livres de là-bas. Un travelling commence sur l'hôpital Augusta Victoria à Jérusalem et se poursuit sur une route traversant les monts de Judée, un violoncelle sensible élève son chant qui se mêle à sa voix, *Et ainsi fonce le train, à l'intérieur il fonce, recueillant sur sa route les visages et les années, et il a beau bondir et rouler, le prodige ne se dissipe pas, tout est familier, familier jusque dans les profondeurs des années, et le cueilleur, qui par nature s'abîme dans l'introspection, est étonné de voir que sur ce parcours, il ne se découvre pas seulement lui-même, il découvre aussi des bribes d'âme de sa tribu qui ont été méprisées, refoulées et se sont perdues dans l'oubli. Il n'a pas la prétention de faire ce qu'il est possible de faire seulement grâce à une grande foi, mais il reconnaît au fond de lui qu'il lui est échu d'être associé à cette magie.*

La troisième vidéo de lui que je traduis est datée précisément du 19 janvier 1986. C'est l'année de mes seize ans, je suis en Israël depuis deux ans et demi, je me débats comme je peux avec la tension entre mes désirs et le réel, mon journal en témoigne. Je le parcours et ne peux m'empêcher de rire devant ce mélange de candeur et d'investissement viscéral dans tous les aspects de ma vie. Six ou sept garçons sont cités en quelques pages et je les aime tous avec la même intensité. Au paragraphe suivant je me détourne d'eux, je peux me sentir trahie par une phrase (sur mes parents), un regard (sur une autre fille), une attitude (on me donne l'impression qu'on sait tout sur le monde et que moi, je ne sais rien, bien sûr, mon hébreu est encore approximatif, mais ce n'est pas la seule raison pour laquelle j'ai si peu confiance en moi).

J'écris : Je suis heureuse de ma vie mais je voudrais un amour.

J'écris aussi : Je veux être quelqu'un de sain, honnête, mince, tolérant et travailleur.

Il y a les jours où je n'arrive pas à écrire.

Et d'autres où je cite Anne Frank : *Le papier est plus patient que les hommes.*

Ma main a saisi précisément le journal de 1986, au milieu de trente autres cahiers, pour retrouver l'adolescente qui vivait à Beer-Sheva où Aharon enseignait cette année-là. Je l'ai peut-être vu à la télé ce 19 janvier, dans la courte interview de Dan Margalit réalisée pour l'émission *Erev Hadash*, « Un nouveau soir », que nous regardions, de toute façon nous n'avions pas le choix, il n'existait qu'une seule chaîne en Israël à l'époque. L'émission est consacrée au livre *Be'et ouve'ona ahat* qui vient de sortir, on pourrait traduire le titre par : En même temps, Simultanément, Au même moment, mais j'ai envie de le traduire littéralement : En une seule époque et saison.

Dan Margalit présente un résumé du roman d'un ton militaire, on pourrait croire qu'il fait un rapport à un commandant de Tsahal sur une incursion au Sud-Liban : Vienne, 1935, une famille juive assimilée dont la fille est malade, c'est peut-être une maladie psychique. Ne faisant plus confiance à la médecine moderne, la famille entame un voyage vers les Carpates pour se rendre auprès d'un guérisseur juif, c'est aussi un voyage vers les origines. Très vite le père décide de retourner à ses affaires, le fils devient matérialiste, tandis que la mère et la fille s'engagent d'une certaine façon dans une forme de religiosité, d'orthodoxie, à laquelle le père s'oppose. C'est le cadre de l'histoire. Nous allons tenter d'en comprendre le sens avec Appelfeld.

Il se tourne vers Aharon, il va avoir cinquante-quatre ans, il est au milieu du gué entre l'homme de quarante ans qui répondait aux lycéens et celui de soixante-dix que je rencontrerai un jour de printemps à Jérusalem, il porte des lunettes carrées en écaille qui masquent ses yeux, un blouson gris étriqué sur une chemise rose, son corps semble répondre avant sa voix à la question du journaliste, À vous lire, Professeur Appelfeld, on pourrait croire que votre roman fournit une justification au retour vers la religion. À ces mots, ses épaules se crispent un peu, *Écoutez, Dan, un écrivain ne fait jamais de propagande, il essaie de s'en éloigner, au contraire, à part ça bien sûr que je traite de certains sujets, un écrivain ne traite pas du passé mais du présent, je dirais même du présent brûlant, mais bien entendu à partir d'une autre fenêtre. Je traite de cette tension, cette tension continue, durant de longues années, entre ce que j'appellerais une aspiration profonde à notre tradition et une tentative de s'en éloigner le plus possible.* Sa voix est assurée, c'est la première fois que je l'entends parler ainsi, son souffle familier est absent, il est sur ses gardes, ou même sur la défensive. *Deux sortes de forces centrifuges agissent en nous, d'un côté une attirance, je pourrais presque dire un ensorcellement, vers un retour à nous-mêmes, à nos sources, et d'un autre, une tentative profonde, car cela aussi est profond, de s'éloigner de ces sources.*

Est-ce également l'expression de votre déception à l'égard du monde moderne, du présent ? demande Dan Margalit, qui n'a pas peur d'enfoncer le clou en ajoutant : Avec cette famille qui a besoin soudain d'un guérisseur assez primitif ?

Je ne dirais pas que c'est une déception, mais il est évident que des forces agissent dans notre société, aussi bien à travers les individus que dans notre société elle-même, je fais un arrêt sur image, il relève la tête et son regard me fixe, sur son blouson apparaît l'inscription en surimpression : Aharon Appelfeld, écrivain, *et dans notre société il y a une opposition presque poignante entre des tentatives de retour à la religion et des tentatives flagrantes de s'en éloigner. Je n'ai pas de position quant à ces tentatives. La seule chose que j'ai voulu dire est que la position sioniste, en général, a exigé de rétrécir l'horizon juif, d'en extirper dans un cas la tradition dans toutes ses expressions et dans un autre l'universalisme juif, j'essaie de faire revenir ces deux éléments dans la vie et peut-être aussi dans la littérature*.

Il se tourne vers Dan Margalit, je retrouve son regard qui paraît à la fois questionner et répondre, juger et implorer, il s'est légèrement détendu, sans doute parce qu'il a réussi à dire quelque chose qui lui semble suffisamment précis. Dan Margalit marmonne hors champ un oui, que j'entends comme un oui, oui, d'accord, et reprend : Appelfeld, on vous l'a déjà dit plusieurs fois, et certainement après ce livre intéressant, que vous écrivez toujours à la lisière de la Shoah. Ça se passe en 1935, 1936, pourquoi ? parce qu'on ne peut pas vraiment écrire de littérature sur la Shoah ?

Aharon hoche la tête vivement, *Il est vrai que c'est impossible, il y a des températures que l'on ne peut toucher, des températures très élevées dans lesquelles on ne peut pénétrer. Sur la Shoah je dirais que l'on peut se taire, d'un silence profond et continu, ou pousser un grand cri continu, mais on ne peut pas écrire, on ne peut pas écrire des phrases, des rythmes, des métaphores, tout ce qui est lié à ça, et sur ce sujet en particulier je préfère le silence.*

Vous, vous préférez le silence, dit Dan Margalit, sentencieux, mais il existe d'autres écrivains qui peuvent écrire dans la température d'Auschwitz.

Aharon ouvre la bouche mais il faut quelques secondes aux mots pour sortir, il y a d'abord un soupir de désarroi, puis, *Je n'appellerais pas cela de la littérature, j'appellerais cela de la documentation, ou peut-être des confessions, mais je ne ferais pas entrer cela dans le cadre de la littérature.*

Est-ce que cette question est vraiment importante ? reprend Dan Margalit. Cette histoire – intéressante, comme je l'ai déjà dit –, cette histoire qui se passe en 1935, la mère et la fille qui restent chez le guérisseur, le père et le fils qui retournent à Vienne, à leurs affaires, à la vie trépidante, quelle importance peut-elle avoir puisque dans quatre ans, malheureusement, ils partiront tous en fumée ?

Écoutez, nous vivons tous dans une sorte de changement permanent, je retrouve sa voix et son regard lorsqu'il répondait à une question qui le heurtait, *et pourtant cet instant est important. J'essaie de me concentrer sur un moment précis dans l'âme, ou* allait enseigner à l'université de Beer-Sheva et que je me rendais au cinéma avec mes amis, quand moi-même je commençais à ressentir ces tensions dans le pays où j'avais été projetée et à avoir le sentiment qu'il fallait choisir son camp, pro- ou anti-palestinien, religieux ou anti-religieux, et pour avoir moi-même été si souvent en colère contre les religieux cherchant à imposer leurs règles, je sais qu'il était difficile à cette époque-là, et plus encore aujourd'hui peut-être, de l'entendre dans son désir d'élargir l'horizon en incluant à la fois *la tradition et l'universalisme juifs. Be'et ouve'ona ahat. En une seule époque et saison.*

Encore un jeudi sans lui et je suis fébrile, rien ne va plus, les vidéos ne me relient plus à lui, ne m'apaisent plus, je n'entends plus sa voix directement, une source en moi se tarit, un mouvement s'épuise, j'aurais aimé que janvier ne s'achève pas si vite, je pressens qu'il va falloir quitter ce temps de fusion avec lui et la question me poursuit, comment, comment vais-je vivre, c'est une question très précise, comment retrouver une vie dans laquelle d'autres mouvements que ce temps suspendu entreront, je relis les notes prises en l'écoutant, certaines sont très claires, d'autres gardent leur part de mystère. Je les classe.

*

On a tendance à considérer l'écrivain comme un être qui comprend le monde, mais il n'y comprend pas grand-chose, c'est surtout quelqu'un qui le perçoit autrement.

*

Chez nous il y avait une domestique qui avait autrefois travaillé chez mes grands-parents, elle savait qu'il existe une prière tirée de la Bible que les Juifs disent le soir avant de dormir, le chema. Elle était très triste que mes parents assimilés ne m'apprennent pas cette prière. C'était une fervente catholique qui allait tous les dimanches à l'église. Un soir elle m'a dit : Je vais t'apprendre quelque chose, ne le dis pas à tes parents. Je vais t'apprendre le chema, c'est une merveilleuse prière. Elle procure un bon sommeil, l'apparition des anges dans les rêves, la disparition des démons. Elle me l'a donc apprise.

Je ne l'ai pas raconté à mes parents, parce que je le lui en avais fait le serment.

Paradoxalement, c'est Victoria qui m'a armé d'une prière juive qui m'a accompagné tout au long des années.

Lorsque j'évoque la prière, je ne vois pas mes parents assimilés mais Victoria, qui me l'a apprise.

*

Les fraises ont toujours été associées à un sentiment de faute. Je ne peux pas raconter tous mes défauts, mais j'en ai. Ils sont toujours liés à la forêt. Nous allions en été chez mes grands-parents qui possédaient une ferme. Autour il y avait la forêt et en été il y avait des fraises des bois. Et avec qui allais-je les cueillir ? Avec Victoria. J'avais 7 ou 8 ans, elle était jeune et elle m'aimait. Elle m'aimait tant qu'elle me mordillait le soir et lorsque ma mère me donna mon bain un jour elle demanda : Qui t'a mordu ainsi ? Je répondis : Victoria. Elle l'appela donc pour lui demander : Que se passe-t-il ? Pourquoi as-tu mordu Erwin ?

Et Victoria répondit : qu'y puis-je ? Je l'aime.

Victoria c'était l'amour, et aussi le judaïsme, j'en ai gardé les traces jusqu'à ce jour.

*

Pendant la guerre, et après, j'ai eu une vie aveugle. Ma conscience a commencé à s'éveiller en Israël. J'ai commencé à étudier. Jusque-là, je n'avais été qu'au cours préparatoire, c'était ma seule éducation scolaire.

Acquérir une langue à 14 ans éveille la conscience du lien avec la langue.

Construire.

L'amour.

Le mot prodige – lorsqu'on ne peut pas parler. Comme un miracle. Ces lieux intérieurs inaccessibles. On ne peut pas en parler.

*

Nous étions une jeunesse cernée par la propagande, les explications, il ne fallait pas revenir sur ce qui avait eu lieu, une nouvelle vie commençait. Le passé était invalide, sale et dérangeant. Il fallait aspirer à être un nouveau Juif.

J'étais dans une opposition terrible, mais je n'avais pas de mots pour constituer une pensée. Cela a pris beaucoup de temps.

La normalisation, c'était le déni.

Je sentais : c'est le passé qui est significatif. Ce qui est devant moi – moins.

*

Ce qui m'a construit, c'est le lien au transcendantal.

Trouver une expression.

*

Ma mère a été assassinée au début de la guerre, puis j'ai été déporté avec mon père dans un camp. Nous avons été séparés, je me suis enfui dans la forêt. À la fin de la guerre, j'étais orphelin. J'ai retrouvé mon père plus de quinze ans après, en Israël. Je n'étais plus un enfant, mais lui me voyait toujours ainsi. Il n'aimait pas me voir écrire de la fiction, il craignait que la fiction ne renforce le scepticisme à l'égard de ce qui s'était passé. Je n'ai jamais écrit sur ces retrouvailles, parce que je n'ai pas trouvé les mots justes pour cela.

*

Celan : il a hérité du lyrisme allemand par sa mère, de l'hébreu et du sionisme par son père.

Il s'appelait Pessach Antschel. Il a grandi comme moi à Czernowitz. Il m'a dit un jour : « Je t'envie, tu écris dans la langue maternelle du peuple juif. » Un mois et demi après il se suicidait.

*

Le contact avec les hommes a toujours été important pour moi. Je ne suis pas un être social, mais le contact avec les hommes m'enrichit.

Ici, à Jérusalem, j'ai entendu des voix. J'en comprenais certaines et d'autres ne me touchaient pas.

J'ai compris soudain que tout comme l'enfance était importante pour moi, elle pouvait l'être pour d'autres.

Et que la langue maternelle m'est douloureuse, mais que, d'un autre côté, je suis heureux d'avoir acquis une autre langue. J'ai senti soudain que tout ce qui montait en moi et qui semblait inintéressant était intéressant.

Le bouleversement des temps modernes, tout ce qui me préoccupait trouvaient un écho dans cette langue.

Une œuvre d'art selon Aristote – le particulier et l'universel. Contrairement à l'Histoire.

Je ne suis pas un illustrateur.

*

Je viens d'une famille assimilée, mais toute personne qui a traversé la Shoah a senti que quelque chose de transcendantal se produisait.

La face sombre de Dieu. Nous étions entre ses mains, et il nous déposait d'un endroit à l'autre.

Au milieu de tout cela : un grand amour, au bord du gouffre.

Enfant, j'ai compris que les victimes n'étaient pas prêtes à devenir des assassins.

Cet amour nourrit le sentiment religieux qui m'habite.

*

Je me demande toujours pourquoi j'écris un livre. Quand vous commencez à écrire, il y a toujours de grands espoirs, on pense qu'on fera peut-être un bon livre. Mais les doutes vous assaillent soudain, la confusion, et vous vous demandez : Pourquoi me suis-je ainsi embourbé ?

Je vis cela à chaque livre. Je sors, bois un café, un cognac, je me calme. Je termine le livre.

*

Il y a déjà des effluves de guerre effrayants
La terre commence à trembler
Il y a déjà de mauvaises rumeurs
Le cognac aide, et puis non.

*

C'est l'écriture qui m'a appris l'amour, à considérer sérieusement les douleurs de l'homme, avec empathie, à ne pas être méprisant, à parler aux hommes d'homme à homme.

*

Je suis retourné à Czernowitz une fois, il y a 12 ans. C'est une autre ville. À la Belle Époque, il y avait là entre 40 000 et 80 000 Juifs, c'était une ville très culturelle.

Il y avait deux lycées où l'on enseignait le latin et le grec, une université où tous les domaines étaient étudiés, les sciences humaines, les sciences sociales, la médecine, et les Juifs étaient au centre de tout cela. Il y avait un théâtre, de la culture. Les Juifs étaient assimilés et voulaient plus que tout se considérer comme des Européens.

Qu'est-il resté de cela ? Rien. Aucune trace.

*

Je ne connaissais que le bien, je ne connaissais que l'amour. Chaque instant était heureux : les fleurs dans le jardin, les arbres bourgeonnants, les voyages en traîneau. En hiver, dans ces années-là, dans les Carpates, on se déplaçait dans des traîneaux somptueux, beaux, sautillants.

*

Moi, depuis mon enfance je me suis fait un serment : je n'oublierai pas mes parents, mon enfance, la forêt, et comme je voyais toujours les miens dans les forêts, j'ai continué de les imaginer ainsi en Israël, et de parler avec eux.

*

Étant donné que j'ai vécu les années de construction familiale dans le ghetto, le camp, les forêts, l'errance après la guerre, la question de vivre, comment vivre, est devenue mon sujet central.

Et vivre, cela signifie faire ce que l'on désire sans déranger autrui. Respirer un air pur, avoir du plaisir à sentir sur soi les rayons du soleil, profiter du monde pas de manière hédoniste mais en toute liberté.

II

J'ai pris un avion pour Kiev, puis un taxi pour me rendre de l'aéroport à la gare. Vadim, le chauffeur, parlait un anglais plus rudimentaire que le mien, j'ai mis un peu de temps à comprendre sa façon de marquer le temps dans la langue, notamment d'indiquer le passé, ça donnait des phrases comme Yesterday, there was problems with Hitler, ou Yesterday, the communists don't want people pray Jesus, ensuite je suis montée dans un train de nuit qui partait de Kiev vers le sud sous la neige, en trouant le vent qui faisait trembler le wagon. Nous allons dérailler, me disais-je dans un demi-sommeil, et les mises en garde du ministère français des Affaires étrangères contre les trains de nuit ukrainiens ricochaient sur les parois du compartiment, vols, viols, mauvaises rencontres, attaques par des bandes de pillards mais je n'avais pas peur, et ce n'était pas un sentiment d'immunité, au contraire, plutôt celui d'une vulnérabilité enfin tranquille. Nous avons connu des arrêts silencieux en rase campagne, j'ai distingué des hêtres serrés les uns contre les autres, accueillant placidement la neige sur leurs branches et semblant prêts à avancer vers moi, j'ai cru mourir de soif tant le compartiment était surchauffé et j'ai piqué la bouteille d'eau destinée à ma voisine qui dormait profondément, comment y parvenait-elle avec cette soufflerie brûlante sous les couchettes, et pourquoi, de surcroît, s'était-elle enveloppée dans la couette synthétique fournie aux voyageurs de première classe ? C'était une interrogation qui n'avait pas grand intérêt mais reposait mon esprit tandis que, assise en tailleur sur ma couchette, j'écrivais à la lueur de mon téléphone portable. Il fallait douze heures pour parcourir cinq cent soixante kilomètres, il était nécessaire que cela corresponde à une traversée totale de la nuit, et dans le couloir du wagon où des rideaux beiges gaufrés de volutes dorées masquaient les vitres sales, juste devant la porte de mon compartiment, une icône de Jésus, regard doux et mélancolique, barbichette soigneusement taillée, veillait sur nous.

Quand j'ai ouvert les yeux, le train filait sur un pont qui enjambait une rivière et je n'ai pas eu besoin de savoir où nous étions pour connaître son nom, je me suis figée sur ma couchette, le train s'est arrêté quelques centaines de mètres plus loin dans un silence d'aube blanche. J'ai vu des gens s'éloigner sur le quai, ils ressemblaient derrière la vitre à des personnages de film en super 8, je suis restée immobile sur ma couchette, coudes sur les genoux, visage sur les poings, fixant les flocons qui tombaient, attendant peut-être que le train reparte avec moi seule à son bord. Un contrôleur m'a houspillée en ukrainien, que je ne comprends pas, mais j'ai pourtant compris ce qu'il me disait, le train était arrivé à son terminus, qu'est-ce que je foutais là encore ? J'ai ramassé mes affaires à la hâte, saisi mon manteau, mon bonnet et mon écharpe d'une main fébrile, tiré ma petite valise de l'autre, mon sac glissait sur mon épaule, j'ai traversé le train désert comme quelqu'un que l'on a réveillé brutalement, qui sait qu'il doit avancer, mais sans savoir très bien où, mon visage reflétait sans doute une perplexité un peu stupide, je me suis cognée plusieurs fois contre les parois du wagon, je n'étais pas très chic je pense, à la limite d'un hébétement suspect mais qu'importe, personne n'était là pour m'attendre, me voir descendre du train et poser le pied sur le quai couvert d'une neige qui crissait sous mes après-ski, j'ai levé les yeux vers le panneau blanc aux lettres cyrilliques bleues qui se balançait au-dessus de ma tête, il était sept heures trente, le ciel déversait une lumière gris clair sur moi qui venais de mettre le pied à Tchernivtsi, oui, Tchernivtsi est le nom de Czernowitz aujourd'hui et je me suis dit, Voilà, nous sommes le 16 février 2018, je suis venue à Czernowitz pour l'anniversaire d'Aharon, et le tremblement intérieur qui n'avait cessé depuis début janvier m'a quittée brusquement.

C'est la première fois de mon existence,
Qu'il m'est apparu vital d'être à un endroit précis, à un moment précis,
Lieu et temps,
Comme une énigme enfin résolue,
Question et réponse dans le même mouvement,
Ici, maintenant.

Être là-bas, me disais-je, y être enfin, dans ce lieu entré en moi à travers lui,
Leitmotiv, phrase-clé, source,
Je suis né(e) à Czernowitz en 1932.

*

C'est la ville de tous ses romans, même ceux dans lesquels elle n'apparaît pas, c'est la ville qu'il n'a pas besoin de nommer pour qu'elle existe, elle est là, enneigée, protectrice, peuplée de Juifs cultivés et inquiets, c'est la ville bordée par le Pruth, la rivière de son enfance, la rivière de la vie, des promenades avec ses parents, la rivière de la mort, Juifs noyés dans les eaux glacées, c'est la ville des écrivains et des poètes, Paul Celan, Ilana Shmueli, Gregor von Rezzori, c'est la ville la plus à l'est de l'ex-empire austro-hongrois, Czernowitz, dont le nom prononcé par Aharon avait l'éclat d'un mythe.

Et j'y suis, maintenant, dans le silence du jour qui se lève, dans la neige qui assourdit les sons, il y a peu de voitures sur la rue en pente qui monte vers le centre-ville, j'ai quitté la gare bien vite, d'ici, les Juifs ont été déportés, ai-je pensé, d'abord en Sibérie par l'Armée rouge et plus tard en Transnistrie par les Allemands, et j'ai tourné le dos à l'édifice sans le regarder, pas maintenant, me suis-je dit, ce n'est pas le moment, pour grimper dans une minuscule voiture à la tôle rouge si fine qu'elle semblait être une esquisse de voiture, la maquette d'un modèle que je n'avais jamais vu, même enfant, j'ai montré l'adresse de l'hôtel au chauffeur et j'ai aimé son visage maigre et barbu, ses yeux clairs, sa façon de hocher la tête lorsque je lui ai tendu le papier où figuraient les coordonnées du Magnat Hotel en terminant ma phrase par *pajalousta*, s'il vous plaît, des bribes de russe revenaient dans ma bouche, il était le premier habitant de Czernowitz à qui je m'adressais et son visage aurait pu exister dans un roman d'Aharon, et lorsqu'il m'a déposée au coin de la rue Olga Kobylyanska, une rue piétonne, interdite aux voitures, il a désigné d'un geste vif la direction que je devais prendre en alignant rapidement quelques phrases, je n'étais pas sûre d'avoir bien compris mais son visage exprimait la conviction que j'allais y arriver et cela m'a donné confiance, j'ai répété plusieurs fois *spasiba*, merci, merci.

Marcher sans suivre de plan, sans savoir où je vais, ne pas chercher et peut-être trouver – quoi ? Je ne sais pas.

La cathédrale orthodoxe rose saupoudrée de neige me saisit comme une tendre vision, je sais qu'il a posé ses yeux sur elle, enfant, il habitait à quelques rues d'ici, dans la même rue que Paul Celan, disait-il, il y est sans doute allé avec Victoria, mais je ne peux pas encore en franchir le seuil, là aussi je me dis que ce n'est pas le moment, plus tard, je fais exactement ce qu'il m'a dit un jour alors que j'hésitais devant une route à prendre, *Tu as un instinct très puissant, suis-le*, et j'avais été désappointée, n'avait-il pas un conseil plus précis – ou même, et j'ai eu honte ensuite de l'avoir pensé, moins banal – à me donner ?

Il avait raison pourtant, et j'ai appris à guetter son expression en moi, comme un courant au voltage unique circulant dans mes veines.

L'instinct qui lui a sauvé la vie, cette intuition du geste à faire, du mot à dire ou à taire, de la direction à prendre qui précède la compréhension formulée du monde, qui précède la pensée et les mots. Même pas une voix intérieure, non, un langage physique, un choix inexpliqué et néanmoins tranché de chaque instant, c'est armée de lui, et de lui seul, que je décide d'arpenter Czernowitz, je pressens que le seul moyen de vivre ce jour est d'être dans l'incertitude et en mouvement, sans chercher ce qui n'existe plus, sans penser que je suis face à sa maison alors qu'il n'était pas sûr du numéro exact, je veux, à chaque pas, être dans l'ignorance totale de ce qui va surgir, c'est la suite logique de la volonté irrépressible qui m'a menée là, aujourd'hui, détachée de tout ce qui est ma vie, je ne suis plus mère, fille, amie, écrivain, traductrice ni scénariste, je ne vis plus à Paris, je n'ai plus de prénom, personne ne peut me héler dans la rue en pente aux trottoirs à moitié gelés dans laquelle je me laisse entraîner. Je dévisage une vieille femme au fichu gris qui jette du gros sel devant sa porte, la première Ruthène que je vois, je n'ai pas de doute, et si elle n'est pas ruthène, c'est tout de même une réplique de Maria qui sert des brioches chaudes et réconfortantes dans la pension Zaltzer des *Eaux tumultueuses*, je voudrais entrer dans sa maison, l'observer verser de l'eau dans la bouilloire, se préparer un thé, je voudrais vérifier que son four correspond à l'image que j'en ai, qu'il est bien en fonte, et caresser du bout des doigts la dentelle d'un napperon soigneusement repassé et sur lequel est posé un vase en verre de Bohême de couleur bleue, si je pouvais me faire comprendre d'elle je lui dirais, Madame, vous avez le visage d'une femme qui existe dans un livre et qui est donc dotée d'une existence éternelle, n'ayez pas peur de mourir, on vous a déjà sauvée de l'oubli. Je voudrais entrer chez elle, m'asseoir quelques instants, lui demander si elle se souvient des Juifs qui vivaient ici avant la guerre, peut-être a-t-elle croisé à la cathédrale un petit garçon blond aux grands yeux curieux nommé Erwin, il tenait la main de sa bonne et contemplait les femmes qui se signaient en murmurant des prières, il a levé les yeux vers Jésus supplicié sur sa croix et s'est serré contre Victoria, effrayé. Fouillez dans votre mémoire, *pajalousta*, et dites-moi si vous retrouvez cet enfant, son sourire timide. Si vous avez des réticences à en parler, parce que c'était juste avant la guerre, juste avant que les Juifs qui faisaient vivre la ville de tant de manières soient massacrés, juste avant tant de changements et de souffrances, de culpabilité aussi, je comprendrai, je ne vous forcerai pas, nous pourrons rester assises en silence devant votre four, je veux vous voir penchée vers lui, en retirer une tarte aux prunes brûlante, je vous connais intimement, madame, que vous vous appeliez Maria ou pas, votre visage était en moi tandis que je traduisais les mots qui vous donnaient la vie, le petit Erwin a aimé regarder les femmes qui vous ressemblaient, votre grand-mère peut-être, mais je ne peux me faire comprendre de la vieille Ruthène et je poursuis mon chemin dans la rue déserte, mon téléphone indique moins dix degrés et je n'ai pas froid, je n'ai quasiment pas dormi de la nuit et mon pas est alerte, c'est un jour totalement neuf qui a succédé à la nuit, le ciel blanc est un voile frais nouvellement tendu au-dessus du monde, spécialement pour ce jour, spécialement au-dessus de cette ville, l'isolant du reste de la terre, annulant l'idée même qu'il existe d'autres lieux au-delà de ce que je vois avec une acuité qui m'étourdit, les maisons les arbres les pierres le bitume ont une netteté inouïe, chaque couleur, chaque veine dans le bois, chaque fissure se détache pour se précipiter dans mes rétines et s'y graver. Une force qui avait secrètement pris son élan pour ce jour, pour cette heure de ma vie, me guide et me fait avancer, pourquoi cette rue, je ne sais pas, pourquoi le trottoir gauche, pourquoi cette bifurcation que je prends soudain, je ne sais pas, un arbre à moitié dénudé de son écorce tend ses branches vers moi comme pour me retenir, la vue du bois tendre de son tronc offert au froid et dans lequel se sont incrustés des flocons duveteux me bouleverse quelques instants avant que mon regard n'enregistre un portail dont les ramifications en fer forgé m'évoquent un chandelier, et sur la partie basse deux étoiles de David confirment que ce n'est pas une illusion, et au sommet du bâtiment blanc et rose une coupole bleue accueille une autre étoile de David, dorée cette fois, le portail est ouvert, je pénètre dans une petite cour, une plaque en caractères latins et cyrilliques indique « Religious community of Judah cult C. Chernivtsi », je pousse une porte et entre dans une salle où s'entassent des pupitres, un robinet goutte au-dessus d'un récipient en métal frappé orné de deux poignées, le *keli* dans lequel on se purifie les mains, des livres sont posés de guingois sur une étagère, c'est l'antichambre désordonnée d'une salle de prière telle que j'en ai connu dans mon enfance et dont la désinvolture affichée me mettait inexplicablement mal à l'aise : ici on n'essaie pas de disposer les meubles de manière harmonieuse, au contraire, on se sent en accord avec le désordre, et la lumière crue des néons ne donne la nausée qu'à ceux qui se sentent étrangers et sont incapables de puiser la vraie lumière des textes ou de la prière. Un homme assis me fixe en silence, je dis en anglais que je cherche quelqu'un parlant anglais, puis en hébreu que je cherche quelqu'un parlant hébreu, il sort sans un mot, revient avec un petit homme brun qui s'adresse à moi en hébreu, c'est le frère du rabbin qui ne pourra pas conduire l'office aujourd'hui car il est diabétique et a été hospitalisé, je demande si je peux voir l'intérieur de la synagogue, et il m'entraîne dans la salle aux murs couverts de fresques représentant des scènes de la Bible inscrites dans un paysage européen, le tombeau d'Abraham, à Hébron, a des allures de château mélangeant gaiement style médiéval et Renaissance, je prends quelques photos mais sens un malaise grandir en moi car le long du mur, assises ou debout, cinq ou six femmes statufiées au regard éteint semblent ne rien attendre, ne rien espérer, ou au contraire attendre une aumône, une parole ou un petit déjeuner comme si c'était une question de vie ou de mort, de vie n'attendant plus que la mort, je me surprends à me demander si elles sont juives ou si elle sont là uniquement parce que la synagogue reçoit sans doute des dons de l'étranger, à l'instar des silhouettes que j'avais croisées dans la synagogue de Sarajevo pendant la guerre. Au frère du rabbin qui m'accompagne dans la visite je dis, Je suis la traductrice d'Aharon Appelfeld, il est né ici en 1932, il vient de mourir, je suis très triste, je l'aimais beaucoup, je suis venue pour son anniversaire. Il hoche la tête d'un air vaguement entendu, je vois bien qu'il ne comprend rien à ce que je suis venue faire ici, pense que je suis une touriste parmi d'autres en quête de mémoire, je bredouille que je reviendrai et pars en courant. La rue s'élargit à son extrémité, j'atteins une limite de la ville où les maisons s'espacent, une colline apparaît, un pont enjambe la voie ferrée. Je m'écarte pour laisser passer deux clochards titubants, le moins saoul soutient l'autre ou se raccroche à lui, ce n'est pas très clair, je me retourne pour les suivre des yeux, le plus trapu s'effondre dans la neige fraîche, son camarade se laisse choir près de lui et martèle doucement sa poitrine du plat de la main, comme pour apaiser un enfant. À quelques mètres une femme vend trois vêtements et deux casseroles posés sur une planche, je m'approche des vêtements, ils ne me racontent strictement rien, dommage, j'aurais aimé qu'il se produise quelque chose entre le tissu inerte et moi, j'aurais aimé que ces vêtements fassent partie de ce voyage d'une manière ou d'une autre, je les aurais achetés et serrés contre moi, je les aurais portés comme on enfile une relique, un vêtement sacerdotal, mais les quelques pas que j'ai faits vers eux me poussent à emprunter la route qui escalade la colline, je passe devant une halle aux légumes, continue de grimper en glissant sur le bitume gelé, je suis presque à quatre pattes et m'obstine jusqu'au moment où, parvenue sur un plateau, une forêt de tombes et de croix se dévoile à mes yeux, un splendide mausolée rose à la coupole bleue surmontée d'un bulbe doré me dit : Tu es dans un conte pour enfants, le décor est planté, mais où sont les enfants ?

Je pense aux mots fétiches d'Aharon, contemplation, prodige, perplexité, fraîcheur, silence, דממה, un seul mot en hébreu pour signifier un silence immobile.

Mon regard pivote. Face au cimetière chrétien, le cimetière juif, au moins aussi étendu, si ce n'est plus. Des étoiles de David, des noms en hébreu, en caractères latins, en cyrillique, les époques de la vie juive à Czernowitz, Cernauti, Tchernivtsi. J'ai un mouvement de recul, je suis seule face à tant de morts, devrais-je lire tous les noms ? Derrière la grille, je lis Haya, je lis Lea, je lis en hébreu qu'une femme modeste est enterrée ici, je me dis soudain, je parle une langue qui me permet d'entrer dans des cimetières ou des synagogues disséminés dans le monde entier en m'en sentant familière, je longe la clôture, les battants du portail sont fermés mais je parviens à me glisser entre un battant et le muret, j'entre par effraction dans le cimetière juif de Czernowitz, j'ai un sentiment de transgression, mes pas s'enfoncent dans une couche de neige jusque-là intacte, c'est peut-être cela qui me trouble, la trace de mes pas dans la neige, les noms que plus personne ne lit et que je découvre, Frau Betty Bursztyn, morte le 17 février 1923, C'est demain l'anniversaire de sa mort, me dis-je, elle n'est pas loin d'Isral Morgenstern, un homme candide et honnête ; Manfred Eisenstein, lui, fils de Reuven, est mort en juin 1926, pas très loin du rabbin aimé, à l'esprit vif et versé dans la Torah, Yaakov Kahana, dont la durée de vie est masquée par la neige. Je sais soudain d'où vient ma culpabilité, je ne suis pas là pour eux, j'écarte leurs noms pour en chercher un que je ne trouverai pas, pourtant une tombe en hébreu et en roumain me retient, je lis le prénom, Erwin, je lis le nom, Andermann, mort en 1938 à l'âge de 15 ans, il est écrit qu'il était *Elev clasa liceu*, il était aussi le fils de Haïm Tzvi, je me répète 15 ans, Erwin, 1938, le prénom se détache,

Erwin,

et tout près de lui une tombe imposante aux lettres dorées m'appelle aussi, c'est celle d'Eliezer Steinbarg, poète, écrivain et enseignant né le 2 mars 1880 et mort le 27 mars 1932, l'année se détache, 1932, j'ai l'impression de ramasser des lambeaux si fins qu'il est impossible de les coudre ensemble, j'essaie néanmoins, je saisis tout ce que je peux pour inventer ici sa présence, et ça ne marche pas, rien ne s'anime, rien ne bouge en moi, les tombes trop nombreuses m'oppressent, elles me disent qu'il faudrait prendre le temps de s'intéresser à chacune d'elles, de reconstituer les vies qui firent de Czernowitz une ville juive, intellectuelle, où selon la poétesse Rose Ausländer, on engloutissait les œuvres classiques et modernes des littératures française, russe, anglaise et américaine, on discutait avec ardeur de philosophie, de politique, d'art, jusqu'au petit matin, on faisait de la musique et on se réunissait pour chanter des chansons populaires allemandes, une ville où l'engagement de la jeunesse n'était pas un engagement de salon, où les jeunes révolutionnaires ou communistes mis au cachot étaient torturés, maltraités et ne livraient pas leurs camarades. Rose Ausländer, de sa voix vibrante, nous dit que l'on pouvait croiser ici des hassidim, des schopenhaueriens, des adorateurs de Nietzsche, des spinozistes, des kantiens, des marxistes, des freudiens. On se passionnait pour Friedrich Hölderlin, Rainer Maria Rilke, Stefan George, Georg Trakl, Else Lasker-Schüler, Thomas Mann, Hermann Hesse, Gottfried Benn, Bertolt Brecht. Une cité engloutie, un monde englouti, conclut-elle dans la *Chronique du ghetto de Czernowitz* que j'ai lue avant de venir ici et que j'ai glissée dans ma valise, avec les *Lettres à Milena* de Kafka et le livre qui a été un éblouissement pendant que je relisais ma traduction des *Jours d'une stupéfiante clarté*, un livre qui ne me quitte plus et que je garde pour moi, car certains livres, comme certains êtres, sont si intimes qu'il faut conserver précieusement leur nom à l'intérieur de soi, et mon regard continue d'embrasser les tombes, ils sont là, ceux qui ont fait Czernowitz, les pères, mères, frères et sœurs de ceux qui n'eurent pas de sépultures, et ma conscience est trop étroite pour tous les contenir, je murmure le Kaddish parce qu'il me semble que c'est ce que je dois faire, je m'arrête en plein milieu, les mots ne viennent pas du cœur, mes pensées ne vont pas vers les morts qui sont là, à quoi bon les trahir ainsi ? Je demande pardon aux tombes, me faufile de nouveau entre la grille et le muret et rejoins la route dangereusement lissée par le gel.

De retour en ville, j'avance rue Ruska, fière de déchiffrer le panneau en cyrillique, il me reste quelque chose de ce que mes amies russes m'ont enseigné lorsque j'étais en Israël, même si notre amitié n'a pas survécu à mon retour en France, ni aux années, je me laisse guider par les coupoles et les bulbes des églises qui surplombent les maisons, toujours cette impression d'être dans un conte d'Andersen, et dans chaque église des hommes et des femmes allument des cierges, se signent, nettoient la vitre qui protège une icône ou une relique, dans chacune d'elles le parfum de l'encens, et ici un pope en retard pour la prière qui avance rapidement dans un bruit d'ailes géantes froissées, et là un autre pope qui tire de l'eau d'un puits, entouré d'une femme et de deux enfants, il me chasse d'une phrase fâchée et d'un geste de la main lorsqu'il me voit les photographier, je voudrais lui dire, pardon, c'est plus fort que moi, je sens que dans cette scène où vous tirez de l'eau du puits devant cette église se dissimule un élément important que j'ignore, je prends cette photo pour l'étudier plus tard, je fais l'expérience de ce que je vois sans comprendre.

Rue Olga Kobylyanska où je suis revenue, non loin de mon hôtel – la topographie de la ville commence à me pénétrer puisque je peux reconnaître les lieux, me dire, je suis passée par là, c'est la magie de la deuxième fois, plus discrète que la première mais essentielle, celle qui change le sentiment d'illusion en réalité –, une fresque sur un mur m'apprend qu'autrefois la rue s'appelait Herrengasse et abritait de nombreux cafés. Je pense aux villes européennes qui m'ont construite, Prague, Sarajevo, Vienne où il y a aussi une Herrengasse, et elle s'appelle toujours ainsi, Vienne est immuablement autrichienne alors que d'autres villes de l'ancien Empire austro-hongrois sont plus malléables, comme Czernowitz, Cernauti, Tchernivtsi, changeant de nom et de langue, appartenant à qui la prend, qui la nomme et l'habite, à ceux qui se souviennent d'elle, à ceux qui l'ont aimée, en ont été chassés, y sont revenus dans leurs insomnies et leurs rêves, à ceux qui comprenaient les langues qui n'y étaient plus parlées, et aujourd'hui, à moi.

Je marche encore, je ne peux pas m'arrêter, est-ce un nouveau pouvoir ou une malédiction ? Après des semaines de quasi-immobilité, j'avance comme si je voulais dévorer la ville avec mes jambes, boulimique et insatiable, je traverse la place de l'Hôtel de Ville, et longe un peu plus loin ce cinéma bleu ciel qui porte le nom ukrainien de la ville et dont j'ai lu qu'il avait été autrefois une synagogue, des jeunes gens me frôlent en riant, des oiseaux s'envolent devant moi, la neige est moelleuse dans ce jardin par lequel j'ai fait un détour. J'avance vers une trouée au bout de la rue, un bâtiment gigantesque s'étend pour enlacer un parc, l'université de Czernowitz, gothique, sublime, disproportionnée par rapport à la taille de la ville, il y a peu de monde, c'est sans doute les vacances d'hiver, je passe devant la guérite d'un gardien qui m'interpelle, nous n'avons aucune langue en commun, il me fait signe de rebrousser chemin mais je veux entrer dans cette université, je profite de sa discussion avec un couple pour franchir la grille avec l'assurance de celle qui est sûre de son bon droit, oui, j'ai quelque chose à faire ici, ma présence est légitime même, je marche droit vers le bâtiment central, croise des étudiants en toge et toque noires qui se prennent en photo et font des selfies, je pousse une grande porte en bois, emprunte un escalier aux vitraux colorés, un murmure me parvient, il ressemble à ceux de toutes les universités du monde, un flot de voix mêlées, assourdies et modelées par les longs couloirs, une acoustique qui donne l'impression d'une langue universelle faite d'affirmations, de questions, de phrases lancées à la volée, de débats qui s'enflamment, je pense au petit garçon né dans une famille lettrée et bourgeoise, je me dis, voilà l'endroit dans lequel il aurait étudié si.

C'est une journée sans boussole, ou bien avec une dont l'aiguille ne cherche plus le nord puisque j'y suis, au nord, je suis dans le lieu qui m'aimante depuis des semaines, et sans doute secrètement depuis des années, j'aimerais que cette journée porte pleinement le nom d'Aharon, comme le silence dans lequel j'ai été depuis sa mort et jusqu'à ma venue ici, et que je ne suis pas sûre de parvenir à saisir, même si son absence ici aujourd'hui est moins douloureuse pour moi que partout ailleurs, même si mes sens sont à la fois curieusement en éveil et anesthésiés, et même si je m'interdis de le penser, je sais que j'attends qu'il se passe quelque chose.

J'ai marché jusqu'à la nuit tombée sans parvenir à remplir le vide qui grandissait au fur et à mesure que j'avançais, j'ai regardé longtemps le théâtre que fréquentaient ses parents, et juste à côté je suis entrée dans le Musée juif de Czernowitz qui promettait une plongée dans la vie juive de l'époque mais ne contient qu'une double salle plus petite que mon appartement où quelques objets entassés dans les vitrines ont projeté en moi leur tristesse et leur colère de participer à ce mensonge.

J'ai marché jusqu'aux chants qui s'échappaient de la cathédrale orthodoxe rose qui m'avait accueillie le matin, et dans laquelle j'entre enfin.

Yetti, Victoria, Erwin. Vos visages et vos prénoms se reflètent dans la dorure des icônes, je suis la seule à les distinguer, la seule à porter en moi une mère de roman, une domestique morte sans doute il y a longtemps, un petit garçon qui a changé de prénom, il y a soixante-treize ans, et vient de mourir avec le vieil écrivain qu'il était devenu. Erwin n'est plus, Aharon s'est tu, le texte biblique revient à moi dans cette cathédrale, un vendredi soir, ma présence ici est un peu sacrilège, surtout si je me souviens que c'est Shabbat, mais j'ai envie de m'abîmer dans la contemplation des cierges, et puisque sa voix m'a désertée je veux laisser les chants qu'il entendait enfant entrer en moi, et je n'ai d'autre adjectif que célestes pour les qualifier, je suis sûre qu'il les percevait de cette manière, je suis traversée par la fascination qu'ils exerçaient sur lui, et ces cantiques me suivent dans la Herrengasse, qu'il me plaît de nommer ainsi à cette heure, jusque dans une ancienne distillerie qui se donne des airs de café viennois et que je viens de repérer pour la première fois, tant que le jour l'éclairait elle était invisible à mes yeux, la nuit tombée me l'a révélée, et là, enfin assise après des dizaines de kilomètres, les pieds couverts d'ampoules dans mes après-ski, je commande un vin chaud, un deuxième, il est si bon, j'aime ses épices fortes, son sucre, son alcool qui me monte à la tête, je détaille la carte, commande d'instinct un *banoush* noble, l'assiette qui arrive confirme mon choix, je plonge ma cuiller dans cette bouillie de maïs tant de fois traduite sous différents termes pour éviter les répétitions, bouillie, polenta, ce plat qui court dans tes romans comme le signe d'un plaisir plein et rassasié, il est noble parce qu'il est accompagné d'une sauce aux cèpes et à la crème, et parsemé d'un fromage râpé dont je découvre le goût frais et aigre, cette joie que j'éprouve en mangeant ce plat est à la fois tienne et mienne, Aharon, c'est le premier moment de la journée où une sensation vivante m'étreint totalement, il fallait peut-être l'abandon que permet l'alcool, un décalage assumé avec le réel qui m'entoure, je vois à travers la grande baie vitrée un homme tirer un enfant sur une luge, c'est ici, maintenant, mais c'est aussi une scène de ta mémoire, c'est aussi toi sur une luge, c'est toi qui aimes tant la neige, qui aimes la regarder tomber comme je la regarde en buvant encore de ce vin chaud, en mangeant chaque cuiller de *banoush* qui m'apparaît comme un plat aussi simple que sacré, je racle l'assiette, commande un autre vin chaud et un strudel, hésite entre celui aux pommes et celui aux cerises, le deuxième l'emporte car les fruits rouges font partie eux aussi des aliments qui réjouissent tes personnages et dont le goût est profondément associé pour toi à la vie, oui, c'est simple, la vie a un goût de *banoush* et de cerises, des frissons me parcourent lorsque le gâteau arrive couvert d'un voile de sucre glace, et lui aussi a un goût inédit, comme le vin chaud, comme si ces goûts déjà connus prenaient ici leur sens plein et nouveau, ils me remplissent et me comblent, c'est le repas de ton anniversaire, qui pouvait en imaginer de meilleur, je me dis que s'il était la seule raison de ma venue à Czernowitz, ce serait déjà une merveille.

Je rentre à l'hôtel dans un froid mordant, mais qui ne me pénètre pas, j'ai bu ce qu'il fallait pour être dans cet état où chaque pas m'allège d'un poids que je suis incapable de nommer, qu'importe, ces poids qui se détachent un à un et se fondent dans la nuit de Czernowitz dessinent une allégresse qui me soulève et me transporte jusque dans mon lit, je vais dormir à Czernowitz, je me dis, ce sont les seuls mots possibles dans cette ivresse qui m'a saisie, je vais dormir à Czernowitz, je répète encore, à la lisière de ce sommeil dans lequel je m'apprête à perdre pied, oui, je perds littéralement connaissance.

Réveil brutal, obscurité totale, conscience d'être, mais simplement d'être, dans un néant où tout savoir s'est dérobé, je ne sais plus qui je suis, où je suis, quel est mon nom, je n'ai rien oublié car j'ai même oublié que j'ai su, je flotte dans les ténèbres, je n'ai pas de sexe, je suis à peine un corps duquel émane un faisceau de particules fines, une conscience, je suis, je suis, je suis dans l'obscurité et je suis l'obscurité, je suis ce rien qui n'est pas tout à fait rien puisque je ressens sa puissance impalpable, innommable, foudroyante.

J'ignore combien de temps je suis restée ainsi, combien de secondes ou de minutes, arrachée à toute mémoire, avec pour seule conscience celle d'être inconsciente et pourtant vivante, clouée sur une page du temps, planant dans la pureté noire et opaque d'un instant qui n'était ni vie ni mort, jusqu'à ce qu'un mot troue la nuit, Ukraine, il brillait en grandes lettres jaunes et résonnait comme un murmure d'eau, Ukraine, je suis en Ukraine, à Czernowitz, je suis venue ici pour l'anniversaire d'Aharon, et je jurerais que cette absence à moi-même qui fut une présence absolue au monde coïncidait avec l'heure de sa naissance, même si je n'en tiens pas la preuve et que ceux qui ont connu la première heure de son premier jour sont morts, eux aussi, et depuis longtemps.

Un jour nouveau se lève sur Czernowitz, au ciel blanc et gris d'hier a succédé un ciel d'un bleu roi splendide, les stalactites le long des toits commencent à goutter, les rues étincellent, des flocons de neige lancent leur dernier éclat avant de disparaître, la ville paraît lavée de fond en comble en vue d'une fête, je descends vers la gare, traverse la place de l'Hôtel de Ville d'un pas alerte, quelque chose est joyeux aujourd'hui, moins solennel qu'hier, c'est cette deuxième journée que j'ai choisie pour le seul rendez-vous que je me suis vraiment fixé et vers lequel je marche, curieuse et confiante. Rue Youri Gagarine, je passe devant un tank russe érigé en monument, une babouchka est recroquevillée à ses pieds, quelques vêtements posés sur ses genoux, une chemise à imprimé léopard, un gilet rouge et blanc, un soutien-gorge violet aux bonnets gigantesques, elle-même n'a pas l'air de croire qu'elle pourrait les vendre, mais elle est tout de même là, prostrée dans une posture qui semble dater de l'arrivée des troupes soviétiques dans la ville. J'aperçois la silhouette opulente et allongée de la gare, sa coiffe vert-de-gris, je bifurque vers un quartier plus désert et industriel, la route n'est pas déblayée ici, un souffle de méfiance m'effleure, mais je continue d'avancer entre des usines et des bâtiments figés dans le silence, c'est étrange, me dis-je, jamais jusqu'ici Czernowitz n'a autant ressemblé à Tchernobyl, avec laquelle certains la confondent si souvent, oui, la vie s'est retirée de cette partie de la ville qui ne paraît pourtant pas abandonnée, qui ne tombe pas en ruine, un lointain bourdonnement industriel parvient à mes oreilles mais je n'en identifie pas la source, où que je tourne la tête je ne constate qu'absence humaine, on dirait que les gens qui vivent ou travaillent ici ont tous plié bagage brusquement, qu'ils se sont tous envolés sans même laisser de traces. Je pense au joueur de flûte de Hamelin et ce n'est pas une angoisse qui m'empoigne, mais plutôt l'assurance que je marche les yeux grands ouverts vers un danger que je ne peux éviter, aimantée par le seul lieu vers lequel je suis réellement tendue, plus que la maison d'Aharon, plus que les églises, le cimetière, la synagogue, le théâtre et l'université vers lesquels mes pas m'ont menée alors que je ne les cherchais pas, s'il y a bien un lieu que je veux voir à tout prix, c'est le Pruth dont les eaux irriguent son écriture depuis si longtemps, insaisissables et toujours changeantes, les eaux de félicité dans lesquelles nage une mère, toujours la même et toujours autre, les eaux des amoureux, celles dont on ressort le corps plus élancé, vivifié, et aussi, les eaux dans lesquelles furent noyés les Juifs ; c'est lui que j'ai aperçu hier, brièvement, par la vitre du train, c'est sans doute cette vision qui m'a plongée dans l'hébétude qui a suivi, je sens – je sais – qu'il est au bout de cette route au milieu de laquelle je continue d'avancer puisqu'il n'y a aucune circulation, m'éloignant à chaque pas un peu plus de la ville, de toute présence humaine, il serait temps encore de rebrousser chemin et de courir vers la gare, vers la babouchka prostrée rue Youri Gagarine, vers le salon de beauté qui porte mon prénom et que mon regard a noté dans le taxi hier, sur la route de l'hôtel, c'était si étrange de lire Valérie en toutes lettres dès mon arrivée à Czernowitz que j'ai cru à une hallucination, je pourrais vérifier que mes yeux ne m'ont pas leurrée, et tant pis si c'est le cas, je pourrais profiter de la lumière exceptionnelle pour marcher dans le parc de l'université, m'installer dans un café, regarder les gens qui vivent aujourd'hui à Czernowitz, réfléchir à ce qui s'est passé dans la nuit, à cette expérience du néant. Je suis tiraillée entre la raison qui me conseille de faire volte-face, et l'intuition que ce mouvement serait une défaite que je ne me pardonnerais pas, et plus encore, que je regretterais car jamais alors je ne saurais ce qui m'attend sur la rive du Pruth que je ne distingue pas encore, mais je me doute que la ligne des arbres qui court à quelques centaines de mètres de là suit son tracé. Les vitres des bâtiments abandonnés (ou que je pense tels) qui bordent la route renvoient des lames argentées aveuglantes, j'entrevois toutefois à travers les taches noires qui flottent devant mes yeux des silhouettes silencieuses surgies de nulle part, je les compte, il y en a cinq, six, non, sept chiens sauvages, poil mouillé, démarche faussement nonchalante, comme répondant à un signal leur indiquant de se poster à une trentaine de mètres devant moi, à l'arrêt maintenant ils regardent tous dans ma direction, ont-ils décidé de me barrer le chemin ? Leur apparition est-elle une menace ou un avertissement ?

Enfant, j'étais terrorisée par les chiens, je changeais de trottoir lorsque j'en apercevais un, même de très loin, et le contact avec les animaux en général m'effrayait – la fourrure, le museau humide, les petits os saillants sous la peau, les griffes, les mouvements incontrôlés, la menace de la morsure –, je regardais mes camarades capables de tenir un chiot, un lapin ou un chat dans leurs bras comme des héros dotés de pouvoirs que je n'aurais jamais, j'en ai été pourvue un jour pourtant, j'ai pu prendre un chat contre moi et ce fut une victoire sur cette peur, et sur les peurs plus indicibles qui se dissimulaient derrière elle. Là, au milieu de la route enneigée qui mène au Pruth, je ne peux me dérober. Si je tourne les talons, les chiens se lanceront à ma poursuite, je redoute de sentir leur menace dans mon dos, et puis mes jambes veulent encore marcher, aller vers le Pruth, c'est-à-dire droit vers eux, oser passer entre eux, il n'y a pas d'autre issue. Je ne m'étais pas sentie acculée ainsi depuis longtemps, dans une solitude de proie, je ne peux m'en remettre à personne, si je me laisse tomber dans la neige, nul ne viendra à mon secours, même chose si les chiens m'attaquent, je contemple le long bâtiment en briques rouges à ma droite, le bâtiment vert à ma gauche, les chiens aux aguets dans la clarté cristalline de ce jour, je sais soudain pourquoi j'ai une impression de déjà-vu. Me revient à l'esprit un livre de Marlen Haushofer, *Le Mur invisible*, dont la lecture a laissé dans mon corps une sensation d'être à l'arrêt, stupéfaite, comme cette femme trop fatiguée pour accompagner des cousins, un soir, au village, et à son réveil tout autour d'elle est d'un calme nouveau, ses cousins ne sont pas rentrés, le monde s'est arrêté durant son sommeil, une apocalypse silencieuse a tout stoppé, les êtres sont immobilisés de l'autre côté du mur invisible qui la protège mystérieusement, elle et quelques animaux, c'est peut-être ce souvenir de lecture qui me donne un peu de courage, le souvenir de cette héroïne survivant à une catastrophe dont elle n'aura jamais l'explication, acceptant de vivre pour vivre, dans une solitude absolue qui la renvoie aux besoins les plus archaïques, les plus vitaux, c'est cette femme qui s'entête à tenir un journal, à garder la trace de cette expérience qui est peut-être la dernière expérience de vie humaine sur terre, c'est elle, ou plutôt le souvenir des pensées qui m'ont traversée à la lecture du livre qui anesthésie mes craintes et me fait avancer de quelques pas vers les chiens dont certains ressemblent à des loups, je le vois à présent que je m'approche d'eux, ils en ont la fourrure grise et épaisse, le museau effilé, je sais qu'ils perçoivent des ondes que mon corps projette et que je ne peux retenir, je sais qu'ils sont capables de sentir l'odeur de ma peur, de deviner mes intentions alors qu'eux me semblent si imprévisibles, la supériorité de la bête sur l'homme s'impose à moi, tant pis, je ne peux pas renoncer à aller jusqu'au Pruth, c'est le seul lieu que j'ai vraiment prévu de voir, je me répète, il m'est si familier à travers Aharon, ne pas le voir serait le trahir, et puis, de toute façon, il y a eu cette absence à moi-même pendant la nuit, cette présence totale au monde, et même si je ne comprends pas ce qui s'est passé, je perçois la force nouvelle qui s'est déployée en moi, je marche entre les chiens qui tournent la tête dans ma direction tous au même instant, parfaitement synchronisés, plus je suis proche d'eux et plus je me détends, je lis ou veux lire dans leurs yeux une approbation muette qui me rassure, la vie n'est parfois qu'une simple question d'interprétation, j'entame l'ascension du talus gelé derrière lequel je sais que coule le Pruth.

Ici, la neige se superpose en couches craquantes et crémeuses qui descendent doucement vers les arbres, je sais que ce sont des arbres mais ils sont si décharnés qu'ils ressemblent à un amas géant de bois sec, l'enchevêtrement des branches nues m'angoisse soudain, je me retourne pour guetter l'avis des chiens. Quatre d'entre eux ont la tête levée vers le soleil, les trois autres sont tournés dans ma direction mais je ne peux voir leurs yeux d'ici, viendront-ils à mon secours s'il m'arrive quelque chose, si je glisse, si je me casse une jambe ? Ils ont changé de statut en quelques instants, de menaçants ils sont devenus protecteurs, l'un d'eux se détache du groupe tout d'un coup et s'éloigne nonchalamment vers la route qui m'a menée jusque-là, deux autres le suivent, mon cœur se déchire, j'ai envie de les retenir, je voudrais les appeler mais comment faire, je ne vais pas crier, Hé, chiens. Je les regarde marcher vers le soleil, leur éloignement intensifie le silence, je devrais entendre le murmure de l'eau puisque je distingue un ruban anthracite derrière les arbres, et il me faut quelques secondes pour relier ce ruban au mot rivière tant il paraît inerte, je m'enfonce dans la neige jusqu'à mi-cuisses maintenant, je suis gênée, comme au cimetière hier, de troubler l'étendue immaculée en y traçant un sillon grossier, j'avance encore pourtant, plus lentement, je crains que la neige ne masque une irrégularité du sol, un trou, et puis, il y a cette angoisse qui ne me lâche pas, cette appréhension de voir les eaux du Pruth sous leur pire jour, grises et glacées, alors je me répète que c'est aussi dans la contemplation de ces eaux qu'Aharon a appris la lumière, le temps, la liberté des corps, il est venu si souvent ici avec ses parents, peut-être même ici précisément puisque c'est le seul accès à la rivière, je m'enfonce un peu plus dans la neige, quand je vois, à quelques mètres de moi, un visage qui me fixe, hirsute et immobile, si immobile que je l'ai d'abord confondu avec un rocher, j'aurais dû me douter qu'un rocher qui n'est pas recouvert de neige, c'est suspect. Le langage se dérobe à moi face à cet homme couvert de haillons dont les couleurs se confondent avec celles des arbres, qui semblent morts alors qu'ils ne le sont pas, et celles du Pruth, qui semble immobile alors qu'il ne l'est pas, mais cet homme à quelques mètres de moi, assis sur des ballots, se lève, lui, ah, pourquoi ai-je bravé l'avertissement des chiens, je suis à la merci d'un clochard ukrainien aux yeux presque blancs sous des sourcils épais, aux lèvres gercées et à la barbe dégoûtante, il hoche la tête plusieurs fois comme s'il me guettait depuis longtemps, comme s'il n'attendait que ça, moi seule face à lui. Mon corps est ébranlé par le sursaut qui m'a saisie et le cri que je réprime, il ne faut pas que je lui montre ma peur, me dis-je, je peux lui adresser un signe de tête poli et m'éloigner, longer le Pruth un moment, puis remonter vers Czernowitz qui paraît si loin, si inaccessible, il faudra retraverser l'étendue déserte sur des kilomètres, au milieu des bâtiments soviétiques vides, en supposant que l'homme qui se tient devant moi ne me retienne pas, ne tente rien contre moi, il n'a que quelques mètres à franchir, il est plus grand, plus gros, plus fort que moi sans doute, son hochement de tête s'accélère, il lève un bras dans ma direction et crie quelques mots que je ne comprends pas, je secoue la tête, mon expression m'échappe totalement, jamais je ne saurai quel visage j'ai offert à cet homme juste avant de tourner les talons – sourire forcé ? grimace de terreur ? de dégoût ? – et de me mettre à courir en suivant le sillon tracé jusque-là, une branche me fouette la joue, mon pied heurte un rocher, je meurs d'envie de me retourner, est-il sur mes talons, essaie-t-il de me rattraper ? La femme de Loth s'est retournée sur Sodome et Gomorrhe et a été changée en statue de sel, c'est une image qui me fascinait, enfant, c'était écrit dans la Bible, cette femme avait enfreint un interdit et payé sa curiosité au prix fort, mais au fond de moi je la trouvais audacieuse, il y avait quelque chose de terrible, une scène de destruction qu'elle avait accepté de regarder en face, et dans mon âme d'enfant capable de percevoir bien plus que de formuler, je savais que le prix payé était celui du courage et je me demandais pourquoi on disait toujours « la femme de Loth », comme si une telle héroïne ne pouvait pas avoir de prénom. Il m'avait fallu attendre des années pour lire une interprétation de ce récit transmise par un vieux sage de Francfort, qui la nommait Idit et affirmait qu'elle s'était retournée pour vérifier que ses filles, mariées à des hommes de Sodome, les suivaient bien dans leur fuite, c'était donc une inquiétude maternelle plus forte que tout qui l'avait poussée à se retourner, et non pas la curiosité de voir Dieu à l'œuvre, ni la fascination du mal, et j'aimais aussi cette interprétation, et plus tard encore j'ai lu les paroles de Jésus qui recommandaient aux pécheurs de ne pas se retourner sur leurs péchés, quiconque cherchera à conserver sa vie la perdra, et quiconque la perdra à cause de moi la gardera vivante, et j'aimais aussi cette phrase qui défiait l'entendement, Ne te retourne pas, je me répète néanmoins en atteignant déjà le sommet du talus, les poumons brûlants, exhalant une buée qui se dissout en laissant un voile humide sur mon visage, je n'écoute pas pour autant cette voix, je veux savoir, je veux voir si l'homme s'est lancé à ma poursuite ou pas, je me sens soudain capable de me battre contre lui s'il me saute dessus, de le repousser et de le mettre à terre, je suis plus forte que lui, je suis forte, c'est tout, je mets quelques secondes à ajuster ma vision perturbée par la course, la neige éblouissante, l'essoufflement et la peur qui m'a traversée, je le distingue enfin au même endroit, il a placé la main droite en visière pour mieux me voir, il crie encore quelque chose dans ma direction, je crie en retour, ou bien est-ce une impression, je ne crie pas et me contente de murmurer dans un soulagement sans bornes et en français, au rythme de mon cœur qui cogne dans ma poitrine, Non, non, c'est comme ça, non.

*

Je tourne le dos au Pruth et redescends l'autre versant du talus, les mains dans les poches, mon pas s'est fait léger, d'une légèreté dont je ne pouvais soupçonner qu'elle circulerait dans mon corps quelques minutes auparavant, elle n'y était sans doute pas d'ailleurs, mais il n'y a plus qu'elle à présent qui m'habite, et cette route au milieu d'une zone semi-industrielle qui me semblait si inquiétante à l'aller m'apparaît à présent comme un royaume où je règne en toute liberté, les mots ont suffisamment d'aisance pour briser la gangue qui les enfermait et s'élancer autour de moi, je sais bien que tu n'es plus là, Aharon, je sais que tu es là aussi, dans cette présence irréversible de celui qui est né, a vécu et a laissé plus d'une trace, je peux marcher sans toi dans la ville où tu es né et m'adresser à toi, ici s'est déroulée ton enfance, voilà, retournons au commencement, le tien, le mien, si éloignés dans l'espace, si éloignés dans le temps, et qui se sont mystérieusement rejoints pourtant. J'ai aperçu les eaux grises du Pruth, je n'ai pas pu m'en approcher, je me sens malgré tout aussi libre que si je m'y étais baignée en plein été et je te dis, Moi, c'est face aux eaux bleues de la Méditerranée que j'ai grandi. Nous avons tous deux été en contemplation devant l'élément insaisissable, indomptable, c'est un point commun qui peut paraître ténu mais je sens qu'il me mène vers une vérité bien plus grande car face à ces eaux de notre enfance, il y a nous, enfants, nos regards dans lesquels le monde s'engouffrait par bourrasques affolantes et que nous tentions de saisir, dans l'émerveillement et l'effroi qui pourraient se traduire par la joie de vivre et la terreur d'être juif. Je regarde une usine déserte sur ma droite, sa cheminée élancée vers le ciel, j'aime ce retour vers la ville car j'ai l'assurance maintenant que je vais remonter parmi les rues, les cafés et les hommes, j'ai l'impression de me glisser pour la première fois depuis ta mort, et avec soulagement, dans la cadence familière de ma vie. Je peux cesser de marcher un instant, m'asseoir à la terrasse de cette épicerie qui a ouvert pendant que je descendais vers le Pruth, je peux commander un café et m'installer au soleil, contempler la neige en train de se liquéfier sur le bitume noir qui brille et éprouver pleinement la joie de la lumière, nous en avons parlé tant de fois, celle qui baigne tes livres dans l'obscurité bleutée de l'aube, celle qui se teinte d'un vert inquiétant ou réconfortant dans les sous-bois, selon le jour et l'heure, ces lueurs qui pénètrent toujours tes personnages, comme si c'était la seule description de paysage possible, rappelant que le monde existe d'abord par cela, la lumière, comme au premier jour de la Création, comme à la première seconde des yeux s'ouvrant à la naissance et chaque matin, et de cela tu te réjouissais chaque jour, à chaque conversation téléphonique, de la lumière qui se renouvelait et dont tu ne te lassais pas, comme un peintre, comme Cézanne que tu aimais. Je regarde encore le bitume et pense, je n'ai jamais connu une obscurité aussi profonde que la nuit dernière, ni vu une clarté si grande que celle qui inonde le monde aujourd'hui.

Deux adolescents s'installent à une table, à l'autre bout de la terrasse, ce sont des copains du jeune homme qui tient l'épicerie, ils décapsulent des bouteilles de bière et allument une cigarette, je n'ai pas fumé depuis quatre jours, j'ai arrêté juste avant de partir, un mardi où je devais parler devant quelques centaines de personnes, j'étais proche de l'épuisement, on croit qu'il faut être fort pour arrêter de fumer, pour prendre une décision radicale, mais parfois c'est la fragilité qui suscite les plus grands mouvements, et parce qu'on n'en peut plus, on peut, justement.

J'entre dans l'épicerie commander un second café. Je dis *Americano pajalousta*, le jeune homme me sert en souriant, je regarde les bonbons, les gaufrettes, les bretzels et les tablettes de chocolat, quelque chose dans les couleurs des emballages me raconte que je suis en Ukraine, en Europe de l'Est en tout cas, celle qui m'a aimantée depuis si longtemps, qui me donnait inexplicablement l'impression qu'une part essentielle de moi venait de là. Jamais je n'avais poussé si loin sur ce continent, et me voici, sentant en moi plus que jamais la superposition de ce que je suis, ne suis pas, et suis pourtant.

Un jeune s'approche de moi pour m'offrir du chocolat, je le remercie, il me demande en anglais d'où je viens, *Franzouski*, je réponds, il dit, Ah, Paris, Paris, et j'acquiesce, Oui, Paris. Je pense, c'est là que je vis, là que j'ai passé la majeure partie de ma vie, là où je peux dire que je me sens chez moi, en particulier au milieu du pont Sully, je tourne toujours la tête vers Notre-Dame, et quelle que soit l'heure du jour ou de la nuit, la proportion entre la ville et le ciel m'enchante et je me sens à ma place entre deux rives, presque sur la pointe des pieds, prête à l'envol, il n'empêche : je suis née à Nice en 1970.

Marcher encore, être consciente que je suis libre de mes pas, c'est le meilleur moyen d'arpenter la vie et de poursuivre cette journée, je vais remonter vers Czernowitz que j'aimais à travers toi, qui était un refuge pour moi, que je quittais et vers laquelle je revenais au rythme de tes livres, des histoires que tu me racontais, je repasse près de la gare, remonte la rue Youri Gagarine, la babouchka est toujours là, dans la même posture, et un peu plus haut je retrouve l'institut de beauté qui porte mon prénom, Valérie est écrit en lettres blanches, suivi d'un bouquet de fleurs roses, comme une ponctuation secrète, j'imagine la pression de ta main sur mon bras, la façon dont tu aurais prononcé mon prénom en laissant traîner la dernière syllabe, en chantonnant presque, laissant entendre que ce n'est pas rien, ce prénom ici, qu'il fait de moi la reine de Czernowitz, et un peu plus haut encore, près d'un abribus, des paysannes ruthènes ont aligné des bouteilles en plastique remplies de lait frais, et des fromages enveloppés dans des linges blancs, j'en achète un morceau, c'est le fromage qui accompagnait le *banoush* d'hier, celui qu'Hugo ou Janek vont acheter à des paysannes ruthènes, je mords dedans à belles dents et la paysanne édentée me sourit, elle ignore que passé et présent, réalité et fiction se rejoignent dans cette bouchée, elle ignore tout ce qui se joue pour moi dans le fait de manger ce fromage mais elle perçoit indubitablement ma joie et dodeline de la tête comme pour approuver ma gourmandise. J'ai envie de lui dire, vous savez, il m'a fallu du temps pour comprendre tout ce qui passait à travers la bouche, mais petite déjà je sentais que chaque chose avait un goût particulier et pas seulement ce qui se mangeait, l'angoisse avait un goût de métal rouillé, la gaieté un goût de fraises des bois, la tendresse un goût de fleur d'oranger et les langues aussi avaient le leur, le français était une brioche beurrée, l'arabe un mélange de pain bis et d'olive, et plus tard, l'hébreu a eu la consistance d'un fruit vert et acide qu'il fallait mâcher longtemps mais dont le jus me rafraîchissait, j'aurais besoin d'une vie entière pour dire les goûts qu'ont eus mes silences d'enfance, qu'importe, lorsque j'ai commencé à traduire les livres d'Aharon, ils se sont fondus dans les siens.

Je reprends la rue Ruska, distingue des tasses en porcelaine et des vieux cendriers dans une vitrine, j'entre dans la boutique qui tente de se donner des allures de magasin d'antiquités, il y a là surtout des vieilleries et quelques chandeliers de Hanoukka fraîchement fabriqués. Je cherche tout de même quelque chose que je pourrais rapporter à Paris et dont je dirais, Ça vient de Czernowitz, trouve des boucles d'oreilles, un minuscule rhinocéros en plomb et un bouton sur lequel est dessinée une étoile de David à moitié effacée. Souriant et filiforme, le propriétaire de la boutique baisse la voix en voyant ma main se tendre vers l'objet qui ne présente d'autre intérêt que de garder la trace d'une étoile juive, il chuchote *Ich bin Jude*, inscrit son nom sur un carnet que je lui tends, Samuel Einstein suivi de 1946, je réponds Moi aussi *Ich bin Jude*, et rassemble quelques mots de yiddish, de russe et d'allemand pour expliquer qui je suis et ma présence ici, son sourire est suffisamment sincère pour me convaincre qu'il comprend ma joie d'être là.

Je remonte par la rue Petrowicz, retrouve la rue Olga Kobylyanska, j'aime prononcer cette phrase, égrener les noms des rues et connaître les trajets qui mènent de l'une à l'autre, j'aime que ta ville me soit si familière, Aharon. Ici, la nuit de ta mort a rejoint celle de ta naissance, la nuit des paroles oubliées a rejoint celle du silence, son immensité immobile, j'aime que nos enfances soient ainsi mélangées, et pas seulement nos enfances mais les traces qu'elles ont laissées en nous, vivantes, ne demandant qu'à prendre des formes nouvelles au contact des mots, des images qui nous traversaient, des découvertes que nous faisions, en retournant vers ta ville, en la quittant, en y revenant encore, tu m'as enseigné la fidélité à soi-même et la liberté, tissées dans un même geste, un même corps, l'adulte pouvait rejoindre l'enfant et l'enfant rejoindre l'adulte, la vie était tout sauf figée, elle était plus que jamais mouvement, voilà, c'est peut-être l'image que je cherche depuis ta disparition, elle est un peu floue puisqu'il s'agit d'un mouvement, celui que je te dois, celui qui donne du courage, qui fait que l'on ne reste pas pétrifiés dans le passé mais au contraire vivants, portant en nous tout ce que la vie a déposé, et innocents encore, capables d'aimer, de croire à l'amour et de lancer un regard circulaire sur chaque jour, effleurant à la fois l'instant et la parcelle d'éternité contenue dans cet instant, je te dois cela, oui, la conscience aiguë du dérisoire et du sacré de nos vies.

Il fait déjà nuit lorsque le train quitte Czernowitz. J'ai acheté quantité de bouteilles d'eau en prévision de la température élevée des trains ukrainiens. Je suis seule dans mon compartiment, je n'écris pas comme à l'aller, je laisse filer le silence strié de voix ukrainiennes qui s'interpellent dans les autres compartiments, je vais peut-être dormir, ou pas, lire, peu importe, je suis dans un état de disponibilité rare vis-à-vis de moi-même et des douze heures qui s'étendent devant moi, je ne suis pas pressée d'arriver à Kiev, encore moins à Paris, mais je ne le redoute pas non plus car cette géographie si intime et précieuse dont j'ai un jour pris conscience s'est enrichie d'un lieu réel nimbé de mythe, je peux quitter Czernowitz puisque je suis allée à Czernowitz, j'ai marché dans la ville d'Aharon, des visages et des bâtisses se sont nichés en moi, je pourrai m'y replier quand je voudrai, où je voudrai, ce sera si bon de vivre en sachant que je porte Czernowitz en moi, j'y ai trouvé ce que je ne cherchais pas, ce qui était là, entre lui et moi, sous une autre forme, et je n'ai plus peur de ce que signifie vivre sans lui. Lorsque sur les coups de deux heures du matin, la cheffe de wagon ouvre sans frapper la porte de mon compartiment avec son passe-partout, je suis en culotte et T-shirt, je rabats vivement le drap sur moi, l'Ukrainien immense qu'elle fait entrer a-t-il vu ma culotte ? Il ferme la porte coulissante, m'adresse quelques mots dans la pénombre, *Ya niz-nayou parouski*, je réponds, il ôte son pantalon et reste debout en caleçon, à quelques centimètres de moi, il me demande si je veux du chocolat, j'hésite – y a-t-il dans cette question un sous-entendu propre à l'ukrainien qui m'échappe ? –, je décline l'offre prudemment, il me demande encore, *You want to sleep ?* et je réponds tout aussi prudemment, *No, no*, en plaçant des écouteurs dans mes oreilles, Rock'n'roll ? interroge-t-il, non, ce n'est pas de la musique, c'est la voix de ma rencontre secrète qui m'accompagne et m'apaise depuis quelques mois, ouvrant les portes les unes après les autres, dégageant l'horizon, et nous nous enfonçons ainsi dans la nuit, le grand Ukrainien et moi, sa présence m'amuse lorsque je comprends qu'il ne me fera aucun mal, je peux rire de la crainte qu'il m'a inspirée, je m'endors et me réveille, bercée par la voix secrète dans mes oreilles, par les paysages de la nuit qui se dessinent derrière la vitre sale, et ainsi jusqu'à l'aube, jusqu'au moment de la séparation entre le jour et la nuit, jusqu'à cet instant où je rêve d'Aharon, mais j'ouvre les yeux trop vite alors je les referme aussitôt pour saisir le rêve qui se dérobe, à trois reprises je me rendors, je me bats pour le retrouver, il le faut, c'est le combat de Jacob avec l'ange, me dis-je dans un demi-sommeil sans bien comprendre ce que j'entends par là mais sachant aussi que je ne me trompe pas, dans cet espace entre deux où les perceptions sont si vaporeuses et si nettes, je ne quitterai pas ma couchette avant de l'avoir retrouvé, dussé-je passer des semaines dans ce train, je replonge au fond du sommeil comme au fond d'un puits et le retrouve enfin en moi, intact et clair.

Je suis au téléphone avec Aharon, j'entends sa voix dans le combiné, je vois son visage :

את שומעת יקירתי ? ספרו לי שלפני כמה זמן אמרו עלי ברדיו שאני מת. את מבינה מה זה אומר ?

Tu entends, ma chérie ? On m'a raconté qu'à la radio, il y a quelques semaines, on a annoncé que j'étais mort. Tu comprends ce que cela signifie ?

Gratitude

Judith Appelfeld, Rama Ayalon, Olivier Cohen, Patricia Duez, Anne Duruflé, Sarah Fainberg, Michal Govrin, Shachar Magen, Laurence Renouf, Zeruya Shalev, Éric Slabiak, Bedrĭch Smetana.

Sources

Exergues

La citation d'Aharon Appelfeld est extraite de *Adam et Thomas*, traduit par Valérie Zenatti, l'école des loisirs 2014.

Le poème de Selma Meerbaum-Eisinger est traduit par François Mathieu, il est extrait de *Écrire c'était vivre, survivre : chronique du ghetto de Czernowitz et de la déportation en Transnistrie, 1941-1944,* éditions Fario 2012.

Archives

Les trois enregistrements cités sont disponibles aux adresses suivantes :

Émission éducative, début des années 1970 :
https://youtu. be/osuaCLn69V8
Vidéo de 1982 :
Documentaire de Gabi Adam, « Toucher le feu »
https://www.youtube.com/watch?v=4PuwEKXhZ1g&feature=youtu.be
Enregistrement du 19 janvier 1986 :
Émission « Un nouveau soir »
https://www.youtube.com/watch?v=sMF6YlLPGhg&feature=youtu.be

Personnages

Bruno : *Le Temps des prodiges*, traduit par Arlette Pierrot, éditions Belfond 1985.

Irina, Ernest Blumenfeld : *L'Amour, soudain*, traduit par Valérie Zenatti, éditions de l'Olivier 2004.

Gad, Amalia : *Floraison sauvage*, traduit par Valérie Zenatti, éditions de l'Olivier 2005.

Hugo, Mariana : *La Chambre de Mariana*, traduit par Valérie Zenatti, éditions de l'Olivier 2008.

Bruno Brumhart : *Et la fureur ne s'est pas encore tue*, traduit par Valérie Zenatti, éditions de l'Olivier 2009.

Erwin : *Le garçon qui voulait dormir*, traduit par Valérie Zenatti, éditions de l'Olivier 2011.

Rita, Maria : *Les eaux tumultueuses*, traduit par Valérie Zenatti, éditions de l'Olivier 2013.

Adam, Thomas : *Adam et Thomas*, traduit par Valérie Zénatti, l'école des loisirs 2014.

Edmund, Kamil : *Les Partisans*, traduit par Valérie Zenatti, éditions de l'Olivier 2015.

Janek, Sergueï : *De longues nuits d'été*, traduit par Valérie Zenatti, l'école des loisirs 2017.

Theo, Yetti, Martin, Madeleine : *Des jours d'une stupéfiante clarté*, traduit par Valérie Zenatti, éditions de l'Olivier 2018.

RÉALISATION : NORD COMPO À VILLENEUVE-D'ASCQ
IMPRESSION : CPI FRANCE
DÉPÔT LÉGAL : MARS 2020. N° 144245-2 (2056745)
IMPRIMÉ EN FRANCE

Éditions Points

DERNIERS TITRES PARUS

P4910. L'Échappé belge. Chroniques et brèves
Alex Vizorek
P4911. La Princesse-Maïs, *Joyce Carol Oates*
P4912. Poèmes choisis, *Renée Vivien*
P4913. D'où vient cette pipelette en bikini qui marivaude dans le jacuzzi avec un gringalet en bermuda ? Dico des mots aux origines amusantes, insolites ou méconnues, *Daniel Lacotte*
P4914. La Pensée du jour, *Pierre Desproges*
P4915. En radeau sur l'Orénoque, *Jules Crevaux*
P4904. Leçons de grec, *Han Kang*
P4908. Des jours d'une stupéfiante clarté, *Aharon Appelfeld*
P4916. Celui qui va vers elle ne revient pas, *Shulem Deen*
P4917. Un fantôme américain, *Hannah Nordhaus*
P4918. Les Chemins de la haine, *Eva Dolan*
P4919. Gaspard, entre terre et ciel
Marie-Axelle et Benoît Clermont
P4920. Kintsukuroi. L'art de guérir les blessures émotionnelles
Tomás Navarro
P4921. Le Parfum de l'hellébore, *Cathy Bonidan*
P4922. Bad Feminist, *Roxane Gay*
P4923. Une ville à cœur ouvert, *Żanna Słoniowska*
P4924. La Dent du serpent, *Craig Johnson*
P4925. Quelque part entre le bien et le mal, *Christophe Molmy*
P4926. Quatre Lettres d'amour, *Niall Williams*
P4927. Madone, *Bertrand Visage*
P4928. L'étoile du chien qui attend son repas, *Hwang Sok-Yong*
P4929. Minerai noir. Anthologie personnelle et autres recueils
René Depestre
P4930. Les Buveurs de lumière, *Jenni Fagan*
P4931. Nicotine, *Gregor Hens*
P4932. Et vous avez eu beau temps ? La perfidie ordinaire des petites phrases, *Philippe Delerm*
P4933. 10 Règles de français pour faire 99 % de fautes en moins
Jean-Joseph Julaud
P4934. Au bonheur des fautes. Confessions d'une dompteuse de mots, *Muriel Gilbert*
P4935. Falaise des fous, *Patrick Grainville*
P4936. Dernières Nouvelles du futur, *Patrice Franceschi*
P4937. Nátt, *Ragnar Jónasson*
P4938. Kong, *Michel Le Bris*

P4939. La belle n'a pas sommeil, *Éric Holder*
P4940. Chien blanc et balançoire, *Mo Yan*
P4941. Encore heureux, *Yves Pagès*
P4942. Offshore, *Petros Markaris*
P4943. Le Dernier Hyver, *Fabrice Papillon*
P4944. « Les Excuses de l'institution judiciaire » : l'affaire d'Outreau, 2004. *Suivi de* « Je désire la mort » : l'affaire Buffet-Bontems, 1972, *Emmanuel Pierrat*
P4945. « On veut ma tête, j'aimerais en avoir plusieurs à vous offrir » : l'affaire Landru, 1921. *Suivi de* « Nous voulons des preuves » : l'affaire Dominici, 1954, *Emmanuel Pierrat*
P4946. « Totalement amoral » : l'affaire du Dr Petiot, 1946. *Suivi de* « Vive la France, quand même ! » : l'affaire Brasillach, 1946, *Emmanuel Pierrat*
P4947. Grégory. Le récit complet de l'affaire *Patricia Tourancheau*
P4948. Génération(s) éperdue(s), *Yves Simon*
P4949. Les Sept Secrets du temps, *Jean-Marc Bastière*
P4950. Les Pierres sauvages, *Fernand Pouillon*
P4951. Lettres à Nour, *Rachid Benzine*
P4952. Niels, *Alexis Ragougneau*
P4953. Phénomènes naturels, *Jonathan Franzen*
P4954. Le Chagrin d'aimer, *Geneviève Brisac*
P4955. Douces Déroutes, *Yanick Lahens*
P4956. Massif central, *Christian Oster*
P4957. L'Héritage des espions, *John le Carré*
P4958. La Griffe du chat, *Sophie Chabanel*
P4959. Les Ombres de Montelupo, *Valerio Varesi*
P4960. Le Collectionneur d'herbe, *Francisco José Viegas*
P4961. La Sirène qui fume, *Benjamin Dierstein*
P4962. La Promesse, *Tony Cavanaugh*
P4963. Tuez-les tous... mais pas ici, *Pierre Pouchairet*
P4964. Judas, *Astrid Holleeder*
P4965. Bleu de Prusse, *Philip Kerr*
P4966. Les Planificateurs, *Kim Un-Su*
P4967. Le Filet, *Lilja Sigurdardóttir*
P4968. Le Tueur au miroir, *Fabio M. Mitchelli*
P4969. Tout le monde aime Bruce Willis, *Dominique Maisons*
P4970. La Valeur de l'information. *Suivi de* Combat pour une presse libre, *Edwy Plenel*
P4971. Tristan, *Clarence Boulay*
P4972. Treize Jours, *Roxane Gay*
P4973. Mémoires d'un vieux con, *Roland Topor*
P4974. L'Étang, *Claire-Louise Bennett*
P4975. Mémoires au soleil, *Azouz Begag*
P4976. Écrit à la main, *Michael Ondaatje*

P4977. Journal intime d'un touriste du bonheur
Jonathan Lehmann
P4978. Qaanaaq, *Mo Malø*
P4979. Faire des pauses pour se (re)trouver, *Anne Ducrocq*
P4980. Guérir de sa famille par la psychogénéalogie
Michèle Bromet-Camou
P4981. Dans le désordre, *Marion Brunet*
P4982. Meurtres à Pooklyn, *Mod Dunn*
P4983. Iboga, *Christian Blanchard*
P4984. Paysage perdu, *Joyce Carol Oates*
P4985. Amours mortelles. Quatre histoires où l'amour tourne mal, *Joyce Carol Oates*
P4986. J'ai vu une fleur sauvage. L'herbier de Malicorne
Hubert Reeves
P4987. La Course de la mouette, *Barbara Halary-Lafond*
P4988. Poèmes et antipoèmes, *Nicanor Parra*
P4989. Herland, *Charlotte Perkins Gilman*
P4990. Dans l'épaisseur de la chair, *Jean-Marie Blas de Roblès*
P4991. Ouvre les yeux, *Matteo Righetto*
P4992. Dans les pas d'Alexandra David-Néel. Du Tibet au Yunnan, *Éric Faye, Christian Garcin*
P4993. Lala Pipo, *Hideo Okuda*
P4994. Mes prolongations, *Bixente Lizarazu*
P4995. Moi, serial killer. Les terrifiantes confessions de 12 tueurs en série, *Stéphane Bourgoin*
P4996. Les Sorcières de la République, *Chloé Delaume*
P4997. Les Chutes, *Joyce Carol Oates*
P4998. Petite Sœur mon amour, *Joyce Carol Oates*
P4999. La douleur porte un costume de plumes, *Max Porter*
P5000. L'Expédition de l'espoir, *Javier Moro*
P5001. Séquoias, *Michel Moutot*
P5002. Indu Boy, *Catherine Clément*
P5005. L'argent ne fait pas le bonheur mais les luwak si
Pierre Derbré
P5006. En camping-car, *Ivan Jablonka*
P5007. Beau Ravage, *Christopher Bollen*
P5008. Ariane, *Myriam Leroy*
P5009. Est-ce ainsi que les hommes jugent ?
Mathieu Menegaux
P5010. Défense de nourrir les vieux, *Adam Biles*
P5011. Une famille très française, *Maëlle Guillaud*
P5012. Le Hibou dans tous ses états, *David Sedaris*
P5013. Mon autre famille : mémoires, *Armistead Maupin*
P5014. Graffiti Palace, *A. G. Lombardo*
P5015. Les Monstres de Templeton, *Lauren Groff*
P5016. Falco, *Arturo Pérez-Reverte*

P5017. Des nuages plein la tête. Un pâtre en quête d'absolu *Brice Delsouiller*
P5018. La Danse du chagrin, *Bernie Bonvoisin*
P5019. Peur, *Bob Woodward*
P5020. Secrets de flic. Guerre des polices, stups et mafia, l'ex-patron de la PJ raconte, *Bernard Petit*
P5023. Passage des ombres, *Arnaldur Indridason*
P5024. Les Saisons inversées, *Renaud S. Lyautey*
P5025. Dernier Été pour Lisa, *Valentin Musso*
P5026. Le Jeu de la défense, *André Buffard*
P5027. Esclaves de la haute couture, *Thomas H. Cook*
P5028. Crimes de sang-froid, *Collectif*
P5029. Missing: Germany, *Don Winslow*
P5030. Killeuse, *Jonathan Kellerman*
P5031. #HELP, *Sinéad Crowley*
P5032. L'Humour au féminin en 700 citations *Macha Méril & Christian Poncelet*
P5033. Baroque Sarabande, *Christiane Taubira*
P5034. Moins d'ego, plus de joie ! Un chemin pour se libérer *Christopher Massin*
P5035. Le Monde selon Barney, *Mordecai Richler*
P5036. Portrait de groupe avec dame, *Heinrich Böll*
P5037. Notre-Dame. Une anthologie de textes d'écrivains
P5003. Les cigognes sont immortelles, *Alain Mabanckou*
P5038. La Chance de leur vie, *Agnès Desarthe*
P5039. Forêt obscure, *Nicole Krauss*
P5040. Des pierres dans ma poche, *Kaouther Adimi*
P5041. Einstein, le sexe et moi, *Olivier Liron*
P5042. Carnaval noir, *Metin Arditi*
P5043. Roissy, *Tiffany Tavernier*
P5044. Darling Days, *iO Tillett Wright*
P5045. Le Bleu du lac, *Jean Mattern*
P5046. Qui a tué mon père, *Edouard Louis*
P5047. Les Enfants de cœur, *Heather O'Neill*
P5048. L'Aurore, *Selahattin Demirtas*
P5049. Comment t'écrire adieu, *Juliette Arnaud*
P5050. Le Syndrome de la chouquette, *Nicolas Santolaria*
P5051. Ça commence par moi, *Julien Vidal*
P5052. Les Papillons de comptoirs, *Jean-Marie Gourio*
P5053. La Vita nuova, *Dante*
P5054. Sótt, *Ragnar Jónasson*
P5055. Sadorski et l'Ange du péché, *Romain Slocombe*
P5056. D'argent et de sang, *Fabrice Arfi*
P5057. Débranchez-vous !, *Matt Haig*
P5058. Hôtel Waldheim, *François Vallejo*
P5059. Des raisons de se plaindre, *Jeffrey Eugenides*

P5060. Manuel de survie à l'usage des jeunes filles
Mick Kitson
P5061. Seul à travers l'Atlantique, *Alain Gerbault*
P5062. La Terre magnétique, *Édouard Glissant*
P5063. Dans mes pas, *Jean-Louis Étienne*
P5064. Raga. Approche du continent invisible
Jean-Marie Gustave Le Clézio
P5065. Mais ne sombre pas, *Aristide Barraud*
P5066. La Vie sexuelle en France, *Janine Mossuz-Lavau*
P5067. Dégradation, *Benjamin Myers*
P5068. Les Disparus de la lagune, *Donna Leon*
P5069. L'homme qui tartinait une éponge, *Colette Roumanoff*
P5070. La Massaia, *Paola Masino*
P5071. Le Cœur blanc, *Catherine Poulain*
P5072. Frère d'âme, *David Diop*
P5073. Désintégration, *Emmanuelle Richard*
P5074. Des mirages plein les poches, *Gilles Marchand*
P5075. J'ai perdu mon corps, *Guillaume Laurant*
P5076. Le Dynamiteur, *Henning Mankell*
P5077. L'Homme sans ombre, *Joyce Carol Oates*
P5078. Le Paradoxe Anderson, *Pascal Manoukian*
P5079. De l'aube à l'aube, *Alain Bashung*
P5080. Journal d'un observateur, *Alain Duhamel*
P5081. C'est aujourd'hui que je vous aime, *François Morel*
P5082. Crépuscule, *Juan Branco*
P5083. Les Fabuleuses Aventures de Nellie Bly, *Nellie Bly*
P5084. Le Roman du Canard, *Patrick Rambaud*
P5085. Les Aventures illustrées de Pensouillard le hamster.
Comment apprivoiser l'ego, *Serge Marquis*
P5086. Les 300 Plus Belles Fautes... à ne pas faire.
Et autres extravagances à éviter, *Alfred Gilder*
P5087. Le ministre est enceinte. Ou la grande querelle
de la féminisation des noms, *Bernard Cerquiglini*
P5088. Les Mots voyageurs. Petite histoire du français
venu d'ailleurs, *Marie Treps*
P5089. Un bonbon sur la langue. On n'a jamais fini de découvrir
le français !, *Muriel Gilbert*
P5090. Luc, mon frère, *Michael Lonsdale*
P5091. Un haïku chaque jour. Un poème et sa méditation
pour être plus présent à la vie, *Pascale Senk*
P5092. 365 Jours avec Rainer Maria Rilke. Paroles d'un maître
de vie, *Rainer Maria Rilke*
P5093. Les Fils de la poussière, *Arnaldur Indridason*
P5094. Treize Jours, *Arni Thorarinsson*
P5095. Tuer Jupiter, *François Médéline*
P5096. Pension complète, *Jacky Schwartzmann*

P5097. Jacqui, *Peter Loughran*
P5098. Jours de crimes, *Stéphane Durand-Souffland et Pascale Robert-Diard*
P5099. Esclaves de la haute couture, *Thomas H. Cook*
P5100. Chine, retiens ton souffle, *Qiu Xiaolong*
P5101. Exhumation, *Jesse et Jonathan Kellerman*
P5102. Lola, *Melissa Scrivner Love*
P5103. L'Oubli, *David Foster Wallace*
P5104. Le Prix, *Cyril Gely*
P5105. Le Pleurnichard, *Jean-Claude Grumberg*
P5106. Midi, *Cloé Korman*
P5107. Une douce lueur de malveillance, *Dan Chaon*
P5108. Manifesto, *Léonor de Récondo*
P5109. L'Été des charognes, *Simon Johannin*
P5110. Les Enténébrés, *Sarah Chiche*
P5111. La Vie lente, *Abdellah Taïa*
P5112. Les grandes villes n'existent pas, *Cécile Coulon*
P5113. Des vies possibles, *Charif Majdalani*
P5114. Le Mangeur de livres, *Stéphane Malandrin*
P5115. West, *Carys Davies*
P5116. Le Syndrome du varan, *Justine Niogret*
P5117. Le Plongeur, *Stéphane Larue*
P5118. Hunger, *Roxane Gay*
P5119. Dégager l'écoute, *Raymond Depardon et Claudine Nougaret*
P5120. Comment j'ai arrêté de manger les animaux *Hugo Clément*
P5121. Anagrammes. Pour sourire et rêver, *Jacques Perry-Salkow*
P5122. Les Spaghettis de Baudelaire. 50 conseils pour briller en cours de lettres, *Thierry Maugenest*
P5123. Tout autre nom, *Craig Johnson*
P5124. Requiem, *Tony Cavanaugh*
P5125. Ce que savait la nuit, *Arnaldur Indridason*
P5126. Scalp, *Cyril Herry*
P5127. Haine pour haine, *Eva Dolan*
P5128. Trois Jours, *Petros Markaris*
P5129. Quand notre cœur s'ouvre à la spiritualité *Caroline Coldefy*
P5130. Les Invisibles, *Antoine Albertini*
P5131. Le Fil de nos vies brisées, *Cécile Hennion*
P5132. D'os et de lumière, *Mike McCormack*
P5133. Le Nouveau, *Tracy Chevalier*
P5134. Comment j'ai vidé la maison de mes parents. Une trilogie familiale, *Lydia Flem*
P5135. Le Grand Cahier. Une trilogie, *Agota Kristof*